新潮新書

唯川 恵
YUIKAWA Kei

男と女

恋愛の落とし前

1017

新潮社

はじめに

長く小説やエッセイを書いて来た。主人公のほとんどは女性で、仕事や友人、家族関係、生きがいややりがい、悩みや孤独感などを絡めて来たが、その中でも、やはり恋愛は大きな比重を占めていた。

別に恋愛がなくても生きていくことはできる。けれど、人は誰かを想う気持ちを抑えることができない生き物である。人生から切り離せない。

なぜ人は恋をしてしまうのか。

そんなシンプルな疑問から始まって、恋愛についてそれなりに考えてきたつもりだったが、正直なところ、答えは見つけられないままである。わかったのは、答えなどない、というもっともな結論だけだ。

だからというわけではないが、ここ数年、恋愛というテーマから遠ざかっていた。

今更、恋愛を描く必要などないのではないか。すでに語り尽くされている感もあるし、何より世の中はあまりに複雑になっていて、興味を持つどころか、辟易している方も多いのではないかとの思いもあった。

そんな時、ある女性と話す機会を持った。

その女性とは、彼女がまだ20代の頃に出会っている。いい大学を出て、希望の会社に就職して、仕事もばりばりやって、恋もたくさんしていた。毎日を実に楽しんでいた。だから、もしかしたら彼女はもう結婚する気がないのかもしれないと思っていた。

ところが、彼女は30歳を過ぎて間もなく、短い交際期間であっさり結婚を決めた。

幸せそうな様子の彼女に、意地悪な私はついこんな質問をしてしまった。

本音を聞きたいのだけれど、実際のところ結婚の決め手は何だったの？

彼女はちょっと困ったように首を竦めて「もちろん彼が好きだったからです」と前置きしてからこう言った。「だって、結婚すればもう恋愛しなくていいでしょう？」

周りからは恋愛を楽しんでいたように見えていたが、実際は違っていたのだろう。

「若い頃の恋愛は挫折と失敗と後悔の繰り返しでした。それで恋愛に疲れてしまったという気持ちもあって、ありがちですけど落ち着いた生活がしたくなったんです」

思いがけない返答に、あの時、少々面食らってしまったのを覚えている。

結婚生活は順調で、すぐに年子でふたりの子供も授かった。育児に仕事に家庭にと、てんてこ舞いの日々ではあったが、順風満帆な暮らしをしていたとのことである。

それが徐々に夫婦間に亀裂が生じるようになっていく。

「友人たちの結婚をたくさん見て来たから、何となくわかったような気でいたんですけど、結婚ってやっぱりしてみないとわからないものですね。恋人同士だったのが、夫婦になって、パパとママになって、仕事もして家事もしているうちに、いつの間にか余裕がなくなり、ささいなことでギスギスして、互いを思いやることができなくなっていたというか、元夫も私も生活と関係性の変化に追いついていけなくなっていたのかもしれません。小さな行き違いから始まって、気が付いたらもうどうしようもない隔たりが出来ていました」

経緯はいろいろあるだろう。互いに修復に向けて努力はしたようだが、やがて離婚に至る。そして、彼女は30代後半でシングルマザーとなった。

「その時はもう恋愛も結婚もこりごりと思っていました。何より子供たちが大切だったから、この子たちのために生きていこうと決心しました。散々心配かけた親も年をとって、介護も視野に入ってきて、恋愛どころじゃないって気持ちもあって。でも……」

言葉尻がちょっと濁る。

どうやら、彼女は今、恋をしているらしい。

「恋愛なんてもう卒業と思っていたんですけど、大人になっても、やっぱり恋ってするんですね。こんなに誰かのことを好きになるなんて、自分でも予想外でした」

その様子が、20代の頃の頰を紅潮させて恋を語っていた彼女と重なってゆく。

若い頃の恋と、大人の恋の違いはどう？

「やっぱり難しいです。若い頃は、好きっていうシンプルな気持ちだけで突っ走ることができましたけど、今は互いに抱えているものがたくさんあるから一筋縄ではいきません。迷いや悩みは、あの頃よりずっと多くて、毎日頭を抱えています」

確かに、現実はままならぬこととの戦いである。

世の中には100組のカップルがいたら、100の形があると言われる。しかし実際は女と男、200の形がある。それが大人になるに従って、さまざまな人を巻き込んで、無限大の形に広がっていく。

大人の恋には、大人の事情というものがあり、責任があり、それなりの心の準備や意識の持ち方、ルールも必要だ。

彼女からそんな話を聞いているうちに、久しぶりに恋愛に興味がそそられた。

今回、36〜74歳の未婚、既婚、離婚経験者の大人の女性たちに、実際に自身に起きた恋愛を語ってもらっている。女性たちから多様で奥深い恋愛模様を聞き、改めて恋愛の面白さや危うさと向き合うことになった。

不倫もあれば、恋はもうこりごりという話もある。計算し尽くした末の恋愛もあれば、戸惑うほどピュアな恋愛もある。手酷い仕打ちに遭う女性も、性に溺れる女性も、居場所をなくしてしまった女性もいる。直球の恋愛話ではないケースも含まれる。

女性は若い頃から恋愛について多くを学んできて、恋愛と生き方がセットになっている。だから、恋愛の選択肢をたくさん持っている女性の恋愛話は面白く、切実である。

憚りながら、私の対応がやや上から目線のところがあって失礼極まりないのだが、感じたことをストレートに書かせてもらった。また、証言は事実関係を損なわない程度に、構成を含め、適宜改変したことを先にお断りしておく。

更に、当事者である女性の言い分だけを聞いているので、相手の男性たちにしてみれば、証言内容に異議もあるだろう。けれども男性に女性たちの気持ちを分かって欲しいという気持ちも多少あり、このスタイルを選択した。何より、ちょっと申し訳ないが、男性の恋愛話は面白くない。

働いている女性が多くなった今、経済力を持つ女性も増えて、独身も結婚も離婚も、女性の心づもり次第で選択できるようになった。そんな今だからこそ、恋する大人の女性のメンタルを知ることが、生きていくための手掛かりにもなるのではないかと思う。

本書に登場する彼女たちの「落とし前」から、何かしらのヒントを得ていただけたなら嬉しい限りである。

男と女　恋愛の落とし前……目次

第1話　不倫はするよりバレてからが本番
――不妊治療後にセックスに目覚めた47歳

彼女、由宇さん（47歳）は初対面でいきなりスマートフォンの写真フォルダーを見せて来た。

フォルダーのタイトルは「お料理」。料理が得意な彼女は、日々の食卓の風景を写真で記録し、こまめにSNSにアップしているという。

「40歳で仕事を辞めてから、お料理をがんばるくらいしか充実感とか達成感がなくて。これと言った趣味もないですし」

とは言え、他にも旅先やお洒落なレストラン、カフェでのショット、最近購入した持ち物、インテリアなどの写真が並んでいる。

こまめに写真をSNSにアップする人は、承認欲求が強いと聞くが、彼女はどうなのだろうか。

その前に、まず仕事を辞めた理由から聞いてみよう。

「子供が欲しかったんです」

ああ、なるほど。

「結婚したのは28歳で、彼とは学生時代から付き合っていました。結婚するのはこの人とずっと思っていたから嬉しかったですね。新婚当初は毎日が楽しくて、仕事と家庭の両立も少しも苦になりませんでした」

まあ、新婚時代はみなそんなものだろう。

「しばらくはふたりで楽しみながら生活の基盤を固め、貯金もして、35歳になったら子供を作ろうって計画を立てていました。仕事は好きだったし、生まれてからももちろん働くつもりでいました。仕事は事務機器の営業で、外回りや接待もあってハードだったんですけど、やりがいも感じていましたし、生活はうまくいっていたと思います。夫とも仲がよかったし。それで35歳になって、いよいよ子づくりに取り組んだんです」

そこで彼女は小さく溜め息をついた。

「正直言って、すぐに出来ると思っていました。生理も順調だし、健康だし、出来て当然だって。でも、出来ない。検査を受けましたが、私も夫もこれといった問題はなし。2年過ぎて、37歳からは不妊治療も受け始めたんですけど、やっぱり結果が出ない。夫も欲しがっているし、義父母からも、ストレートではないにしても催促されているのがわかっていたし、当たり前のように出産していく友人たちへの焦りもあって、やっぱり追い詰められていきましたね」

不妊治療は肉体的にも精神的にも、もっと言えば経済的にもきついと聞く。

「まさにそうでした。覚悟はしていましたけど、想像以上でした。体調が悪くて仕事に支障が出ることもありましたし、気持ちのストレスは相当だし、何十万単位の費用もかかって貯金も減っていきました。こんなつらい思いをするなら、子供のいない人生だっていいじゃない、と考えた時もあったんです。でも自分の気持ちを突き詰めていくと、やっぱり我が子をこの腕で抱きしめたい、むしろ、その思いは強くなる一方でした。不妊治療はニュースやネットでよく見聞きしていたんですが、周りにはそういう人がいなくて、辛さを共有できる相手もいなかったから孤独でしたね。5歳年下の妹が妊娠したと知った時は心底落ち込みました。みんなができることがなぜ私にはできないんだろうって、劣等感というか敗北感というか、自分に自信が持てなくなってしまいました」

聞けば、彼女は子供の頃から成績もよくスポーツも得意で、周りから優等生と言われる存在だったとのこと。きっと初めての挫折だったのだろう。

「40歳になった時改めて考えました。自分はとことん治療に取り組んだろうか、真剣に子づくりと向き合っただろうかって。答えはＮＯ。でも今ならまだ間に合うかもしれない。知り合いに42歳で出産した人がいるんです。仕事はまた見つけられるかもしれないけれど、出産にはタイムリミットがある。それなら今、すべてを賭けてみようと決心したんです。夫も賛成してくれました。それで退職を決めたんです」

仕事も大事だけれど、人生も大事。子供を持ちたいという願いは、彼女の本能の叫びのようなものだから、それを否定する気はない。もちろん、彼女が働かなくても経済的に困らないという、恵まれた環境があったことを、彼女自身、どこまで認知していたのかはちょっと摑めないが。

「夫は最初、喜んでくれたんですよ。専業主婦になって、手の込んだ料理を作るようになって、お弁当も作って、家事もすべてやって、おかえりなさいって毎日出迎えてあげて、とても気分がよかったみたいです。でも私の頭にあったのは子づくりのことだけでした。仕事を辞めたら、なおさら焦る気持ちが強くなったというか、今までのように『仕事があるから』という言い訳が通じなくなってしまったせいもあって、とにかく何がなんでも妊娠しなければってそればかりでしたね」

人は自分を納得させるために、それ相応の言い訳を必要とする。それは自分を守るための手段でもあるのだから、追い詰められた彼女の気持ちは理解できる。

「でも、その頃からかな、夫とのセックスが味気ないものになってしまったのは。夫も同じだったと思います。愛情とは関係なく、もう義務でしかないんですから。終わると、どうせまた出来ないんだろうなっていう空しい気持ちになるし、生理が来ると、ああやっぱり駄目だったって泣けちゃうし」

そして先が見えない闘いに入っていったと、彼女は言った。

「諦めが付いたのは45歳の時でした。世の中には40代後半でも妊娠する女性がいるんだから、私ももう少し頑張れば何とかなるんじゃないかって、自分を励まして調べたりもしていたんです。でも生理が止まってしまいました。医者から閉経ですって言われた時はショックでした。いくら何でも早過ぎると思ったんですけど、最近は40代で閉経する人も多いみたいですね。それを宣告されて、さすがに諦めるしかないと思いました。やれることはみんなやった、閉経は自然の摂理なんだからこれが私の運命なんだって、ようやく受け入れることができたんです」

子供のいない私も、若い頃に葛藤した時期がある。生き物として命を繋げられなかったのは、生きる意味がなかったのと同じではないか。女としての機能を無駄にしてしまっただけなのではないか。

けれども、ある時こんな話を聞いて納得した。すべての生物が子孫を残せるわけではない。動物だろうと昆虫だろうと植物だろうと同じである。残せなかった、もしくは残さなかったことで、自然界のバランスが取れているのだ、と。

「夫も、これからは夫婦ふたりで人生を楽しもうって言ってくれました。たぶん夫もホッとしたんじゃないかな。そりゃそうですよね。義務からの解放ですから。それ以来、別に仲が悪くなったわけじゃないんですけど、夫とはセックスしなくなりました」

それに不満は？

「別になかったです。悪い意味じゃなくて、もう卒業って感じでしたね」

ここらでテーマの本題に入らせてもらおう。

そんなあなたが大人の恋におちたわけだけれど、そのきっかけは？

彼女の頬がわずかに紅潮する。それは恋する女の顔である。

「1年半ほど前、勤めていた会社の同期会があったんです。退職者も来るっていうから私も参加しました。そこで以前、一緒に営業で仕事をしていた同僚と再会しました。話が弾んですごく楽しかった。みんなで2次会に行って、その後ふたりだけで3次会に行って。酔った勢いもあって、何となくそんな雰囲気になって、ホテルに入ってしまったんです」

再会したその日に？

「はい」

かなり大胆な行動である。

「私もそう思います。自分がそんなことをするなんて、今思い返してもびっくりしてしまいます」

それで、彼とはどうだった？

「何て言えばいいのかな」

気のせいでなく、彼女の表情に華やぎが広がっていく。

「夫以外の人とそんなことをするのは初めてだったし、セックス自体するのも久しぶりだったし、もう二度と自分にはないかもしれないって思っていたから、初体験の時みたいにドキドキしました」

よかった？

「いいとか悪いとかというより、自分は今この人とここでこんなことをしているって、その高揚感の方が強かったですね。それと、もう妊娠のためのセックスはしなくてもいいんだってことを実感しました。だってほぼ10年、それればかり考えて生きていましたから」

解放されたって感じ？

「はい、まさにそうです」

彼とはその一度だけだったのだろうか。

「その時は一夜だけのことと思おうとしたんです。でも、すぐ彼から連絡があって、また会いたいって言われました」

その時、どう思った？

「本音を言うと嬉しかったです。私は一夜の過ちと思っても、彼に軽い遊び相手だったと思われるのは傷つくっていうか。もう女としての自信もなくしていたから、少なくとも彼に、一度だけで終わらせたい女と思われなかったことに安堵しました。馬鹿みたいですけど、プライドが保たれたんでしょうね」

厄介なことに、男と女の間には自尊心が絡んでくる。特に、始まりと終わりには。

で、会った。

「はい」

それが得策かは難しいところである。プライドなんかにこだわらず、あのまま一夜の思い出にしておけばよかったかと、後でため息をつく女性がどれだけいることか。

ためらいはなかった？

「なかったわけじゃありません。でも何て言えばいいか……。この人を逃したら、もう二度とこんなチャンスは巡って来ないかもしれないという気持ちもどこかにあったと思います」

彼のことは以前から好きだったの？

「そういうわけではないです。入社の頃はもう夫と付き合っていたし、結婚してからも、他の男性に目が向かなかったので、そんな目で見られなかったというか。でも話してみたら気が合うし、一緒にいてとても楽しくて。結局、それから会うようになりました」

彼は既婚者？

「はい、お子さんもふたり」

どのくらいのペースで会っているの？

「月に二度か三度ってところです。彼は営業職なので、昼間時間が取れる時はラブホテルで待ち合わせています。最初の頃は外で食事をしたり、デートみたいなことをしたんですよ。でも、やっぱり誰かに見られるんじゃないかと思うと落ち着かないし、時間を調整するのも難しくて。一度、友達と行くって夫に嘘をついて、ふたりで温泉旅行をしたことがあるんですけど、その時も人目ばかりが気になって疲れただけでした。今はふたりきりになれるだけでいいんです。もちろんセックスは大事だけれど、それだけじゃなくて、会っていると素の自分に戻れるんです。彼とじゃなかったらこんなに続かなかったと思うし、今も会える日が待ち遠しい」

聞かせて、素のあなたって何？

「え……。それは妻ではなくて、ただの女に戻れるっていうか」

なるほどね。

それで、彼と関係を持つことで、何か変わった？

「そうですね、シンプルにセックスを楽しめるようになりました。楽しむなんて感覚を長く味わっていなかったから、尚更そう感じるのかもしれません。彼の前では大胆なこともできるし、もっと言えば、まだ私も女でいられるんだって自信がつきます。若い頃は、47歳の女なんて恋愛どころか、性欲もなくなったオバサンだと思ってましたけど、ぜんぜん違うんですね。やはり恋の力ってすごいなって思います」

恋？

「え？」

失礼だけれど、話を聞いている限り、恋というより、セックスだけの関係のように思えるのだけれど。

「私は恋だと思っています。不倫だって恋は恋ですよね。この年の女が恋をするのはおかしいですか」

そんなことを言っているのではない。仕事の合間にラブホテルで待ち合わせて、食事をするわけでも、話し込むわけでもなく、セックスだけするなんて、結局はお手軽な遊び相手でしかないのでは？　と思えてしまう。

「他人にどう思われようといいんです。私は恋だと思っているし、今の私たちには必要な時間なんです」

彼女は少し頬を硬くした。

性的に満たされると、心も満たされるのだろうか。それとも、心が満たされたから、性的にも満たされているのだろうか。

彼女が「恋」だと言うなら、まあそう受け止めておこう。

それで、これからどうするつもり？

「できるだけこの状態を続けられたらと思っています。彼のことはすごく好きですけど、結婚を望んでいるわけではないし、彼の家庭を壊す気もありません。ただ今は、自分が女であることを実感していたいんです。不妊治療であれだけ苦労して、長い時間を失ったんだから、これは神様がくれたご褒美なんじゃないかって」

ご褒美か……。

「でも、いつかは終わらせなければいけないこともわかっています。このまま続けられるわけがない。どんなに辛くても、夫がまだ何も気づかないうちにケリをつけなければって、それはいつも考えています」

そのセリフは少々悲劇のヒロインがかっているようにも感じてしまう。と同時に、彼女は口では「いずれ別れる」と言っているが、話を聞いている限り、そんなつもりは毛頭なさそうにも思える。

何より、どうして夫が気づいてないと信じられるのかが不思議である。

「そういうことに気の回る人じゃないんです。それにバレないよう細心の注意を払っていますから」

それはあまりにも楽観的過ぎるのではないだろうか。実際には夫を舐めてかかっているだけのようにも思える。確かに夫はいい人のようだが、いい人と、ただのお人好しは違うのだ。

うしろめたさは？

「もちろん、あります。世に言う不倫ですから。でも、今の私にはやっぱり彼が必要なんです。彼の存在があるから、よりいっそういい妻でいようと頑張れるんです。夫に優しくなれるし、お料理や家事も手を抜かず、家で夫が快適に過ごせるように部屋も整えています」

この言い訳は、浮気をする男とあまり変わりはないようである。

「妊娠を諦めた時、仕事に出ようかって言ったんですよ、でも夫はこのまま家にいてほしいって。今の状態が夫にも心地いいみたいです」

妊娠を期待して、ずっと味気ないセックスを繰り返してきたのは夫も同じのはず。だとしたら夫もあなたと同じように、他に女性がいるという可能性だってあるのでは？

「そうですね、確かに絶対にないとは言えませんけど、そうなったらそれも仕方ないかなって気持ちもあります」

許せるということ？

「自分もこういうことをしているわけだから……。私にバレなければ、ないと同じかなって。夫も辛かったのはわかりますし」

つまり、自分は夫を許せるから、夫も自分を許せるはずと？

「何より、私たちは夫婦としてうまくいっている自信があります。だって今の私ぐらい、夫のために尽くせる女は他にいないんですから」

もしバレたら？

「その時が来たら、その時に考えるしかないと思っています。それでも、今の私にはやはり彼が必要なんです」

その返答に開き直りを感じたのは、私の思い過ごしではないはずだ。

＊

よく聞く不倫脳とはこういうことを指すのかもしれない。

何だかんだ言いながら、彼女は自分のやっていることを肯定する言葉しか持ち合せていない。そして当然のように夫と同期させて、納得している。

夫が妻の不倫を知った時、果たして彼女と同じ考えを持つだろうか。腹立たしさ、屈辱感、裏切られたという失望。何より、他の男とセックスしている妻に対する嫌悪感。生理的感情は女独特と思われがちだが、男にだってあるはずだ。いやむしろ強いかもしれない。

彼女の「バレない」「たとえバレても離婚はない」との自信は、単なる願望でしかないことを、彼女はどこまで自覚しているのだろう。

個人的に、不倫をとやかく言うつもりはなく、それは夫婦や家族の問題であって、部外者が正論を振りかざす権利はないと思っている。

世の中には不倫なんてものに縁のない夫婦もいるが、不倫に走っている夫婦もそれ相応にいる。不倫していないから仲がいいかといえば、完全に壊れてしまっている夫婦もいるし、妻が、夫が、もしくは双方が不倫していても、それはそれで仲良く暮らしている夫婦もいる。婚外恋愛を互いに公認しているという、特殊なケースも知らないわけではない。

しかし不倫は、することより、バレてからが本番である。

その時は不意にやって来る。もしかしたら彼女の場合も、すでに夫は気付いていて、水面下で動き出しているかもしれない。

その時、今まで恋に浮足立っていて、気が回らなかった自分の立場と直面することになる。自分だけじゃない。夫の感情、不倫相手の本音、さらに相手の妻の言い分、それらが具体的な形を持って目の前に突き出される。

もし夫から離婚を切り出された時、彼女はどう対処するつもりだろう。婚姻関係が解消されるということは、ひとりに戻るということ。すでに仕事を辞めてしまった彼女は、もう専業主婦でも扶養家族でもない。住む場所は？　仕事は？　収入は？　これからの生活は？

調べてみると、結婚20年くらいの夫婦で、不貞が原因での離婚の場合、一般的な慰謝料は１００万から３００万くらいが相場らしい。仕事をしていない彼女は、その金額をどう用意するのだろう。財産分与と相殺するという手もあるようだが、あくまで、財産を折半してもそれくらいの額が残る場合の話である。

また、当然ながら彼女は相手である彼の妻からも慰謝料を請求される可能性がある。

更に、夫は彼女の不倫相手に慰謝料を請求する権利がある。

そうなった時、不倫相手である彼はどのような態度を取るだろう。妻と別れ、彼女と結婚する。確かにそれもないとは言えないが、ふたりの状況を聞く限り、その可能性は極めて低いのではないかと推察する。彼女は恋と言ったが、彼にとっては単なる浮気でしかないという気がしてならない。

きついことを言うようだが、彼がバレないよう慎重だったのは、彼女のことを思ってではない、自分を守るためである。それは当然で、男は社会的な生き物であり、夫として、父親として、会社員としての立場を何よりも優先する。それはとても分かりやすい構図だと思うのだが、今の彼女は思い至らないようである。

不倫は他人が口出しするものではないと、先に書いた。

それでも、これだけは言わせてもらいたい。

どんなに恋とセックスにとりつかれても、この先に待っているものは何なのか、その想像力だけは失わないで欲しい。ひとりの女でありたいという願望の代償として、何を失い、誰を傷つけ、ダメージはどれほどのものなのか、それらをすでに考える時期に来ていることを自覚しておいて欲しい。

と同時に、それを踏まえた上での落とし前のつけ方を、今のうちから準備しておくことをお勧めする。

第2話　恋愛体質の女に近づいてはいけない

——「他人の男」を奪い続ける44歳

「私って恋愛体質なんです」

開口一番、彼女は言った。

恋愛体質。久しぶりに聞くと、何やら懐かしい。

若い頃、多くの女性がその単語を耳に、もしくは口にしたはずだ。

ある時期、恋愛至上主義の風潮があり、女性誌がしょっちゅう特集を組んでいた。女性週刊誌 anan の「セックスで、きれいになる。」が注目された頃で、テレビドラマも小説もラブストーリーものが目立ち、恋愛エッセイもたくさん出版されていた。

私もうんと若い頃はそうだったように思う。人生と恋愛は同じ重さで存在していて、どれだけ真面目に勉学に励んでいようと、どれだけやりがいのある仕事に就いていようと、恋愛が充実していない人生なんて無意味なものと思っていた。あくまで若い頃の話である。今となれば、そんな能天気だった自分が気恥かしくてならない。

だから44歳になった今でもまだ自分を「恋愛体質」と言い切る彼女に、正直なところ、ちょっとひいてしまった。

「好きな人がいない状態が嫌なんです。常に恋をしていたいんです。若い頃は、それで友達の恋人を奪ってしまったことも何度かありました」

どうやら彼女は、恋愛体質だけでなく、略奪癖もあるらしい。

確かに実年齢より10歳は若く見える。美人というより可愛らしいタイプ。髪型、化粧、ファッション、仕草等々、男受けするという点においてすべて抜かりない。若い頃から男たちにさぞかしちやほやされて来たのだろう。当然ながら、彼女自身、自分が男受けする女であることを自覚している。

なぜ、他人の恋人を奪ってしまうのだろう。

「自分でもうまく説明できないんですけど、気が付くとそうなってしまうんです。友人に言われたことがあります。それは恋愛ではなくて、ただ他人のものがよく見えているだけだって。自分の方が女として上だというマウントを取りたいだけなんでしょって言われたこともあります」

実に的確な指摘である。

他人の幸せを受け入れられない、自分よりいい思いをしていることが許せない、まさに周りをひれ伏させたいという自己顕示欲だ。

しかし裏を返せばこうも見えてしまう。自分に自信がなく、孤独が怖くて、欲望をコントロールできず、判断力に欠けている。実のところ、奪う女の抱えている闇もまた深いのである。

奪った男とは長続きした？

「いいえ、だいたい3か月か、長くても半年ぐらいで駄目になるのがほとんどでした。あんなに好きだったのに実際に付き合ってみたら、友達が自慢していたほど大した男じゃないし、一緒にいてもそれほど楽しくないし」

これもセオリー通りの展開である。略奪女の目的は奪うことだから、それが叶った後はどんな男も燃えカスみたいなものになってしまう。

女友達はいないでしょうね。

「はい、いません」

きっぱり言われて、笑ってしまった。

「でも、やっぱり一緒にお喋りしたり買い物したりできる女友達は欲しくて。だから就職を機に決心したんです。もう他人の男に手を出すのはやめようって」

少しは成長したわけだ。

仕事は何を？

「中堅の家電メーカーの事務職です。女性が多い職場だったので、それなりにみんなとも仲良くやっていました。同僚から時々彼氏の惚気話を聞かされて、もやっとしたりすることもありましたけど、もう他人の男には手を出さないって決めていたから、聞き流すようにしていました。そのうち気になる人が現れたんです。入社して半年ほどした頃です。10歳年上の職場の先輩で、もちろん独身で恋人もいなくて、見た目も悪くなくて仕事も出来て、この人だって思いましたね」

どんな展開に？

「私から告白しました。彼はびっくりしていましたけど、すぐにOKの返事を貰えました。付き合えることになった時は嬉しかったです。これでようやく私もまっとうな恋愛ができるって思いましたから」

それはよかった。

「23歳の私からしたら、33歳の彼は大人で、学生時代には会ったことのないタイプでした。彼の言うことは何でも説得力があって、私はまるでひな鳥が最初にみたものを親鳥と思うように、彼にはまって行きました。彼に言われることは何でも素直に聞いたし、髪型も化粧も洋服も彼好みに変えました。結婚も視野に入れていましたし、彼の色に染まりたいって本気で思っていたんです」

それも恋のなせる業だろう。

「でも2年ぐらい経った頃から……」

ああ、その後に続く話は何となく想像がつく。

「彼は仕事や、私の考え方、日々の行動などにいろいろと口を出すようになって来ました。彼はいつも『君のためを思って』と言っていて、その頃の私はまだ彼にのめり込んでいたから『彼の言うことをきいていれば間違いないんだ』って、自分に言い聞かせていました」

恋愛の過程で、男の論理や要求を受け入れることで満足感が得られる時期がある。好きな男に影響される、もっと言えば支配される、そのすべてが愛の表現のひとつだと信じ込む。このM的感覚はある意味、恋愛ならではのトランス状態と言っていいだろう。

しかし、それは紛れもない錯覚であり、恋に舞い上がっている間だけに通用する呪術の一種である。

目が覚めた時、みな同じことを言う。

あの時の私はどうかしていた――。

「でも、だんだん鬱陶しくなって、鬱憤がたまるようになっていきました。ある日、買い物の帰り道、どんどん先を行く彼の背中を見ていたら気が付いたんです。この人、自分のことしか考えていない。今までのことは、典型的なモラハラだって。もしこのまま彼と結婚したら、こういう生活が一生続くのかと思ったら身震いしてしまって、ようやく別れる決心がつきました。でも不思議なもので、私が別れを決めたとたん、彼からプロポーズされたんです。彼は当然私がＯＫするものと思っていたようですけど、もちろんお断りしました」

すぐに別れられた？

基本的にモラハラ男は執着心が強く、こじれると嫌がらせをしたり、ストーカーに変貌する危険がある。

「揉めました。断った時の彼の怒る顔がすごく怖くて……。『ただで済むと思うなよ』って凄まれた時は、思わず『結婚します』って言いそうになってしまいました」

どう解決したの?

「信頼できる上司に相談して、間に入ってもらうことにしたんです。さすがというか、上司は彼をうまく説得してくれました。力のある上司でもあったから、これからの自分の立場も考えて、彼も退かざるを得なかったんだと思います。その後、私は部署が替わり、顔を合わせることもなくなりました」

一件落着というわけだ。

まだ何か?

「まあ、そうなんですけど……」

「実は、それがきっかけで、その上司と関係を持つようになってしまって」

ああ、そういうこと。

別に驚きはしない。彼女ならない話ではないだろう。

「あの彼を簡単に制したこの人は本物だと思いました。それに彼と違って、一緒にいると私の我儘をきいてくれるし、いつも可愛いって褒めてくれるし、仕事も遊びも、もっと言えばセックスもランクが上っていうか、いろんなことを教えてくれて、毎日がとても刺激的でした。20歳以上年上だったし、元々結婚なんて望んでなかったから、奥さんのことはぜんぜん気になりませんでした。もちろん罪悪感もありませんでした」

自分は上司の妻より若く美しく、ずっと愛されているという実感が恋を盛り上げる。

リスクはあるにしても、彼女にとって優越感を満たしたいがための相手としては、上司のような力を持った年上男との不倫はもってこいのアイテムかもしれない。

で、その上司とはどれくらい続いたの？

「1年くらいです」

別れた理由は？

「私も26歳になって、やっぱり結婚したくなったんです。周りもそろそろ決まり始めていたから、乗り遅れられないって気持ちもありました」

上司はすんなりと別れてくれた？

「未練はあったようですけど、まああちらも大人ですから」

円満に解決してよかった。

で、次の相手は見つかった？

「はい」

何よりである。相手は？

「それが、同僚女性の婚約者で……」

えっ。

悪癖が復活したということ？

「最初はそんなつもりじゃなかったんです。でも、気が付いたらそういうことになってしまって。本当に恋愛ってままならないものですね……」

他人事のように言っているが、やったのは自分である。よくそんなことが言えるものだと呆れるが、通じることはないだろう。それが彼女である。

とりあえず呆れる気持ちは置いておいて、続きを聞くことにしよう。

「その同僚女性とはとても親しくしていました。半年後に控えた式のためのウェディングドレスやハネムーンの相談に乗ったり、時には愚痴を聞いてあげたりしていたんです。私に彼氏がいないことを知ると、もちろん上司との不倫は隠したままなんですけど、彼女、婚約者の友人を紹介するって言い出したんです。それでダブルデートすることになりました。紹介された男性はとっても感じのいい人でした。何回か4人で会ったんですけど、私のことをとても気に入ってくれたみたいで、正式に交際を申し込まれました。でも、私はなかなかそういう気持ちになれなくて……。それで、同僚の婚約者にメールで相談したんです」

同僚の婚約者に？　同僚ではなく。

「だって、紹介されたのは彼の友達ですから」

彼女は正当性を訴えたかったようだが、すでに意図は見え見えである。

このあからさまなアプローチこそ、恋愛体質の復活、略奪癖の本質というものだ。

「メールのやりとりをしているうちに、とにかく一度会って話そうということになりました。それで同僚女性には内緒で、ふたりで会ったんです。お茶だけのつもりだったんですけど、びっくりするくらい話が盛り上がって、それからご飯を食べに行って、ちょっと呑んで、すっかり酔ってしまった私は、つい言っちゃったんです。紹介されたのがあなただったらよかったのにって。最初、彼は驚いていたんですけど、実は彼も、私のことが気になっていたようで」

この展開に持ち込んだのは、まさに彼女の本領発揮といったところだろう。ハンターの彼女にとって男は獲物なのである。狙ったものは何が何でも逃さない。

しかし男も男である。結婚が間近に迫っているというのに、何を寝ぼけたことを言っているのだ。

「それからはもう一気に燃え上がったって感じです。そのまま私の部屋に来て、そういう関係になりました。最初は彼も迷っていたと思います。でもひと月後には、出会う順番を間違えた、婚約は解消するから君と結婚したいって、私を選んでくれたんです」

やっぱり略奪した。

「私は略奪した意識はないんです。自然の流れとしか言いようがなくて」

彼女は真顔で言う。こうやって自分すら納得させてしまうのが、この手の女の厄介なところである。

本音を言わせてもらうけど。

「はい、何でしょう」

あなたは自分に男を見る目がないことを知っているから、他人の選んだ相手なら間違いないと思えて、いつも略奪に走ってしまうと判断していい？

彼女は少し考えた。

「もしかしたら、そうかもしれません」

私が言うのも何だけど、かも、ではなくてそうだと思う。

「同僚には申し訳なかったと思っています。けれど本当に悪気はなかったんです」

悪気がない、その言い訳が通用すると思っているところが、まさにそれを裏付けている。

その後、同僚女性とは？

「揉めたし、恨まれたし、罵られもしました。会社でも噂になって、結局、転職することになりました。彼は、同僚女性をとても気に入っていた両親に泣かれて、婚約不履行の慰謝料や式場のキャンセル代もあって大変だったようですけど、1年後には晴れて結婚することができました。2年後には娘も生まれて幸せいっぱいでした」

まあ、いろいろあったにしても、とにかく一件落着となったわけだ。

「それが……」

まだ続きが？

「育児休暇を終えて、娘が保育園に入った頃から、時々空しい気持ちに包まれるようになったんです。だって、朝起きて朝食の支度をしながら洗濯機を回して、夫を会社に送り出して、娘を保育園に連れて行って、日中は仕事に追われて、退社後はスーパーで買い物して、娘を迎えに行って、帰って夕食の用意をして、お風呂に入ったら、もうくたくた。毎日がその繰り返しなんですから」

それが現実。それがあなたの望んだ暮らし。何も虚しくなんかない。そんな日々の中で人は幸福を見出してゆく。

「だんだんと、本当にこれが私の望んでいた生活だったんだろうかって、疑問が湧いて来るようになったんです。娘のことはすごく愛していましたけど、その頃にはもう、夫は男というより娘のパパとしか思えなくなっていました。夫に婚約破棄でのしかかった借金返済が残っていて、いろいろお金に細かいこともストレスだったし、私と義父母との関係もよくなくて、ずっと冷たい態度で接せられるのも納得いきませんでした」

借金は夫だけのせいではなく、あなたとふたりのことが原因で出来たものだし、義父母がなかなか蟠《わだかま》りを捨てられないのも当然だろう。前の婚約者を気に入っていたのなら尚更だ。息子を情けなく思う以上に「この女さえちょっかいを出さなければ」という思いは、そう簡単には拭えないはずだ。

けれども、不満はあるにしても、そこまでして手に入れた夫ではないか。経済的に少々辛くても、夫は真面目に仕事をしているし、娘はすくすく成長している、生活もそれなりに安定している。他に何を望もうというのだろう。

「そうかもしれません。でも、もやもやは溜まる一方で、それで別に深い意味があったわけじゃないんですけど」

彼女のこのエクスキューズにも慣れて来た。

「気分転換に、大学時代に付き合っていた彼にＳＮＳで連絡してみたんです」

このパターンは彼女の王道とも言える。

「すぐに返信があって、一度会おうってことになりました」

どんな気分だった？

「やっぱりわくわくしました」

内緒で昔の彼と会う。普通の感覚だと葛藤や後ろめたさがあるはずだが、彼女にそんな思いはまったくないようである。むしろ、相手は今も私のことが気になっているはず、との自信すらあったようだ。

このポジティブさ、言い方を変えれば図太さが、彼女の最大の武器でもあるのかもしれない。

そして、実際その通りだったという。

「やっぱり彼、ずっと私のことが忘れられなかったみたいです。前よりもっと綺麗になったとか、あの時意地を張らずに強引に引き留めればよかったとか、いろいろ言ってくれました。彼、奥さんとあまり上手くいってないらしくて、そのタイミングで私から連絡があったから、これは運命かもしれないって思ったようです。私も月日はたったけれど、会ってみるとそんなに離れていたような感じがしなくて、瞬く間に距離が縮まりました。それで二度三度と会ってゆくうちに、結局、私たちはこうなることが決まっていたのかもしれないって思うようになったんです」

しかし、男は口でどれほど上手いことを言っても、そう簡単に家庭を捨てられない。

「私もそう思っていたんですけど、付き合い始めて1年もしないうちに、本当に彼は離婚したんです。すぐに彼から、娘も引き取るし、慰謝料も全部払うから結婚して欲しいって言われました。それで私も決心がついて、夫に離婚を切り出したんです」

出来るものなら、ここらで泣きを見る目に遭って欲しいところだが、そうならなかったのは世の不条理というもの。

とはいえ、あなたはそんな簡単に離婚できないのでは？

「夫に切り出したら、青天の霹靂だったようで、それはもう罵倒されました。人として、親として、責任というものをどう考えているんだって。あんな激昂した夫を見るのは初めてでした。その様子を見ているうちに、ますます気持ちは冷めていきました。それで私、言ったんです。心が離れた人と夫婦でいることが責任ある行動とは思えないって。私は自分に正直に生きてゆきたいって」

まったく夫に同情する。浮気する自分を正当化するために、こんな青臭い理屈をしゃあしゃあと述べる妻とどう向き合えばいいのか。しかし、こんな女を選んだのも夫である。

そして、過去を蒸し返すようだけれど、夫にもあの時、婚約者がいながら他の女に心を動かされたという前科がある。

「半年ほど揉めに揉めて、最終的に夫はこれは報いなのかもしれないって言い始めました。そして、心のどこかで、いつかこういう日が来るんじゃないかって思ってたって」

その冷静さを結婚前に持ち合わせていたら、夫もこんな羽目には陥らなかっただろうに。それにしても、その時の夫の絶望感というか、虚脱感というか、想像に難くない。

「離婚が成立してすぐに彼と一緒に暮らし始めて、100日間の再婚禁止期間の後入籍しました」

娘さんの反応はどうだった？

「最初は戸惑っていたようですけど、彼にいろんなものを買ってもらったりしているうちに、慣れたみたいです。2年後には息子も誕生して、私もそれをきっかけに家庭に入って、今は家族4人、とても仲良く暮らしています。彼、結構収入もいいので助かっています」

今の結婚に満足している？

「もちろん。これからも家庭を大切にしていきます」

いろいろあったけれども、収まる所に収まったわけだ。まあ大団円としておこう。

じゃあそろそろ、と、話を切り上げようとしたところで、彼女が言った。

「でも、どんなに幸せでも、恋愛体質って治らないんですよね」

思わず彼女の顔を見直した。

もしかして、今も恋愛をしてるの？

「だって、恋愛って事故に遭うようなものでしょう。そんなつもりじゃなくても、出会ってしまったら、どうしようもないじゃないですか」

そうして彼女は、今付き合っているカフェのバイトの男の子、その前のスポーツクラブのマッチョマン、前の前のママ友のパパの話をしたのだった。

少しも悪びれずに。むしろ無邪気に、自慢げに——。

*

これを読んで、憤懣やるかたない気持ちになる女性がいるのはよくわかる。そんなうまくいくはずがない。いずれ痛い目に遭うに決まっている。遭ってもらわなければ納得いかない。遭うべきだ。

けれども、世の中が決して公平ではないということは、とうにわかる年齢になった。どんなに努力しても、誠実に生きても、結果が伴うとは限らない。やりきれないことではあるが、人生は不平等で成り立っている。どんなに神様を呪おうとそれは覆らない。だからこそ、今自分の手の中にある幸福を大切にしよう、誰かと自分を較べるのはやめよう、人は人、私は私であると、賢明な考え方を身に付けたはずである。

ここで言ってしまおう。

正直なところ、奪う側の闇云々などどうでもいいのである。

問題は、彼女のような女と関わらざるを得なくなった女性の方である。

美味しいところだけをまんまと味わい、悪びれもせず、のうのうと生きている。

そんな女など放っておけばいい、とわかっていながら、どうにも無視できなくなってしまう。いろんな感情が混ざり合ったこの心のざわつきを、どう納めればいいのだろう。

実はそんな迷路に迷い込んでしまい、人生に躓いた女性を2人、知っている。

2人は何も恋人や夫を奪われたわけではない。それなのに、痛い目に遭うという、不運を味わうはめに陥った。

ひとりめのA子は、彼女のような女を友人に持った女性である。いつの間にか彼女の奔放さに影響されたA子は思うのである。自分は何て平凡でつまらない人生を送っているのだろう。もっと違う生き方があるのではないか。自分も彼女のように思うがままに生きていいのではないか。

焦りに似た思いにかられたA子は、不倫に走るのである。「やらない後悔より、やる後悔の方がマシ」と、呪文のように唱えながら。

しかし待っていたのは厳しい現実だった。不倫はバレ、夫から離婚を突き付けられ、多額の慰謝料を請求され、子供たちの親権監護権まで取られてしまった。更に、土壇場になって不倫相手は家庭に戻ってゆく。

仕事を持っていたのが唯一の救いだったが、会社にも噂は広がり、陰口を叩かれているのもわかっている。が、子供たちへの養育費と、生活のために辞めるわけにはいかない。今も肩身の狭い思いで出勤しているという。この状況を「自業自得」と言われるのがいちばん応えるそうだ。だってまさしくその通りだから。

「どうして私、こんな人生を選んでしまったのだろう」

Ａ子の後悔は尽きないままである。それはこれからも続くだろう。

そしてもうひとりはＢ子。

奔放なママ友と知り合ったＢ子は、彼女の度重なる不倫を知って義憤にかられるのである。たまりかねたＢ子は、やがてママ友の夫、義父母、実家の両親、ご近所、友人たちに、その所業を書き連ねた文書を匿名で送りつけたのである。結局、それは怪文書として警察沙汰にまで発展し、差出人である彼女が突き止められた。

その時、自分のしたことが名誉棄損に当たると知り、頭が真っ白になったとＢ子は言った。まさかそこまで大事になるとは想像もしていなかったのだ。

当のママ友は、確たる証拠がないことでシラを切り、非難されるどころか、被害者という立場になって周りの同情を得ることになった。逆にＢ子は陰湿な人間だと周りから白い目で見られるようになった。夫は呆れ果て、更にそれが原因で子供がイジメに遭うのではないかと恐れて、結局、引っ越しせざるをえなくなった。

あの時は「ただ、あの鼻持ちならない女に反省してもらいたかった」と思っていたそうだが、今となると、どうしてあんなことをしてしまったのかわからないという。

「結局、彼女に嫉妬していたんだと思います」

B子はすっかり憔悴した様子で呟いた。

何て馬鹿な真似を、と呆れる人もいるだろう。けれど、誰もが心の中に魑魅魍魎《ちみもうりょう》を抱えている。悪いタイミングが重なると、相手への腹立たしさと自分への不満がごちゃまぜになって、歯止めが利かないまま、突っ走ってしまうことにもなりかねない。

だからこそ思うのだ。

もし今、あなたのそばに彼女のような女がいたら、すぐに距離を置くことをお勧めする。

極力顔を合わせないようにし、連絡を絶ち、関りを持たないように努める。彼女に対する嫌悪を含むすべての感覚を捨て、今自分が手にしている幸福を噛み締め、あんな女など元々いなかったことにする。

言えることはただひとつ、そんな女に関わってはいけない、それだけである。

第3話　恋愛関係の基本は人間関係である

——仕事はできるが恋には幼稚な40歳

「すみません、私、スパークリングワインを頼んでもいいですか」

ちなみに今は、平日の午後4時。呑み始めるにはいささか早い時間だが、ＩＴ企業でマーケティング職についているという友香さん（40歳）は、9時5時という勤務体系ではないらしく、今日の分の仕事はすでに終わっているという。

もちろん、こちらとしては何の問題もない。私もビールをいただこう。

彼女は目鼻立ちの整った華やかな美人だ。スレンダーな体型で、細身のパンツスーツを都会的に着こなしている。聞けばスポーツジムやエステに定期的に通っていて、自身のメンテナンスにも気を遣っているという。

では、経歴から聞かせてもらっていい？

「出身は北関東にある地方都市です。地元ではかなり偏差値の高い女子高を卒業して、東京の大学に進学しました」

有名私立大である。成績優秀でもあったようだ。

大学生活は楽しかった？

「そりゃあもう。田舎では規則の厳しい女子高に通っていたので、その反動もあって遊びまくりました。もちろん恋愛もたくさんしました。自分で言うのも何ですけど、結構モテたんですよ」

でしょうね。

「卒業後は損保会社に入社しました。研修の後、営業部に配属されたんですが、仕事の量がハンパなくて、残業、休日出勤は当たり前、デートする時間もないんです。それで大学時代から付き合っていた彼とは1年で別れることになりました。それからも恋人らしき人は出来たんですけど、プライベートより仕事優先の状況だったからどうしても長続きしないんですよね。彼から『仕事と僕とどっちが大事？』なんて聞かれたこともありました。そんなこんなで3年が過ぎました」

社内恋愛は？

「はい、私もその方がいいと思って、それなりに相手を見つけようとした時もあったんです。でも社内恋愛って入社して1年くらいが勝負なんですよね。周りを見てて痛感しました。気が付いた時には、目ぼしい男はほぼ誰かの彼になっていました。みんな早めにカップルになって、いずれ結婚するってパターンです。時間が経った分、会社の同僚という意識の方が強くなってしまって、今更恋愛って感じにはならなかったですね」

その状況は、時代も立場も違うが会社勤めを10年経験した私も理解できる。思い返しても、社内恋愛でゴールインしたカップルは、早い段階、つまり研修や歓迎会や親睦会などで距離を縮め、交際に発展してゆくというパターンがほとんどだ。自慢ではないが、私も社内恋愛とは縁のなかった1人である。

「でも25歳の時、同じ会社の9歳上の先輩とお付き合いするようになったんです」

どんな人？

「仕事ができて、人望があって、見た目もなかなかという」

完璧じゃないの、それはよかった。

「ただ、彼は結婚していて」

ああ、そういうこと……。

「私もまだ若かったたし、結婚もまだ先でいいと思っていましたけど、やっぱり恋愛はしたかったんです。25歳になって恋人もいない生活なんてあまりに味気ないじゃないですか。それなら不倫もアリかなって思いました。正直に言うと不倫に対する好奇心もありましたし、若いうちに一度ぐらい経験しておくのも悪くないかなって。今思えば、若気の至りとしか言いようがないんですけど」

確かに若い頃は強気である。強気というか無知である。更に言えば愚かしくもある。

「最初は刺激的でした。秘密の恋ってこんなに盛り上がるんだってドキドキしました。社内でさり気なく目配せを交わしたり、誰もいない会議室でキスしたり、隠れ家的な素敵なレストランにもよく連れて行ってもらいました。彼はとても優しくて『君と出会えたのは人生のご褒美だ』なんて言ってくれたし、時に私が同僚と話しているのを見ると『すごく嫉妬した』なんて辛そうな顔をしたりして、愛されるってこういうことなんだと実感しました。彼がすごく情熱的だったから、何となく続いてしまっていたんですけど、1年半くらい経った時、彼の奥さんが出産したんです。社内報で偶然知ったんですけど、何も知らされていなかったから、頭に血が昇ってしまって」

でも、割り切って付き合っていたんでしょう?

「そうですけど……。でも彼はいつも、奥さんとはうまくいってない、もう惰性でしかないって愚痴ってたんです。それなのに、結婚生活は順調そのものだったんですね。そのことを責めたら、開き直られました。『そんなこと信じてたのか。みんなそんなふうに言うんだよ』って」

申し訳ないが、ちょっと笑ってしまった。

妻はもう女ではない。セックスもない。好きなのは君だけだ。いずれ一緒になりたい――。改めて書いておこう。その甘言はすべて常套句である。

「私も、これが何度も私に『愛している』と言った人と同じ人のセリフかって愕然としました」

元々、恋愛というフィルターは目が粗い。好きになった男の言葉はつい信じてしまいがちだ。それが不倫となると、フィルターそのものが機能しなくなる。言われたこと（もちろんいいことしか言わない）を、何でも鵜呑みにしてしまう。

それは彼女の、この恋愛をコントロールできるのは自分である、彼は私を失うのを怖がっている、という自負から来ている。何せこちらは独身、あちらは既婚者。こちらは若く、あちらの妻はオバサン。どう考えてもすがりつくのは男の方で、すべての選択権は自分にある、という答えにつながる。

とはいえ、もし彼女が同じ話を友人から聞かされたら「そんな男の言葉を信じてどうするの」と、冷静に判断することができたはずである。それなのに当事者になると自分だけは違うと思い込んでしまう。そこが恋愛の、ましてや不倫の厄介なところである。

ただ、彼女がそこまで腹が立ったのは、不倫相手に嘘をつかれていたことだけではないはずだ。もしそれが自分を引き止めるための必死の嘘であったなら、そこまで怒りはしなかっただろう。相手は最初から彼女をただの浮気相手としか考えていなかった、単にうまく丸め込むための嘘だった、という点に対する怒りである。

現実を知ってどう思った?

「さすがに、もう不倫はこりごりだと思いました。あんな男のために1年半も時間を無駄にしたのがほんと悔しい」

言っておくけれど、それは男のせいだけでなく、自分のせいであることも忘れてはいけない。

「その頃には私も27歳になっていたので、合コンに積極的に参加するようにしました」

それは結婚を意識し始めたということ?

「そうです。ぼやぼやしてたらあっという間に30歳になってしまいます。やはり30はひとつの節目ですしね。2、3年付き合うことを考えたら、早い方がいいに決まってます。

でも、なかなかいい人に巡り合えなくて、それでネットで相手を探すことにしたんです」

ネット。新時代の出会いのスタイルだ。

「その頃はまだ、マッチングアプリは普及してなかったんですけど、学生時代の友人がネットで知り合った人と結婚したと聞いて、そこを紹介してもらいました。登録には運転免許証などで年齢を申告しなければならなくて、名前や年齢の詐称もできないし、信用できると思ったんです」

成果は？

「最初はあまりうまくいきませんでした。写真と実物の差が激しいというか、会ってみると全然違うんです。掲載されていた写真は奇跡の1枚みたいなもので、騙されたような気分になりました。見た目はよくても食事の仕方が受け入れられなかったり、自信満々でモラハラっぽかったり、生理的に無理だったりする相手が続いて、さすがにちょっとめげましたね。でも、諦めずにいろいろ探していたら、ようやく気になる人が現れたんです。相手の男性は年齢33歳で、見た目はいいし、都銀勤め、その上都心のマンションを所有しているという、とんでもない優良物件でした。すぐにメッセージを送って、やりとりして、デートにこぎつけたんです。会ったら写真以上にかっこよくて、一目惚れでした。彼も私のことを気に入ってくれて、すぐ付き合いが始まったんです」

男と女の関係は、まず本能的な印象から始まる。そこをクリアできれば、第一段階突破である。出会いが紹介だろうが合コンだろうが、ネットだろうが大差ない。ましてや結婚という明白な目的があるわけだから、展開は早い。

「3回目のデートでお泊りしたんですけど、誘い方もスマートだったし、セックスの相性もそれなりだったし、彼に出会えた幸運を神様に感謝しました。だいたい金曜日にデートするんですけど、どこかで食事をして、その後、ホテルに入るっていうパターンでした」

彼のマンションはどうだった？　予想通り豪華だった？

「それが、なかなか招いてくれなくて。ホテルを使うより、彼の自宅の方が気楽だし、お金もかからないと思うんですけど。何やかやと理由を付けて、また今度って」

うーん、あまりいい兆候ではない気がする。

「さすがに私も怪しいと思いました。それで、インターネットで彼を探しまくったんです。ええ、そうです。彼は既婚者でした。ちょいちょい家族っぽいのが映り込んでいる写真があって、それでわかりました。既婚者は登録ＮＧなんですよ。完全に規約違反」

彼女の表情に怒りが満ちてゆく。

「でも、別れがたい気持ちもあったんです。不倫はこりごりだったけれど、彼は理想に近い人だったし、もし妻と離婚するつもりがあるなら、待つことも考えました。それで更にいろいろ調べたんです。そうしたら、彼は婿養子で、住んでる都心のマンションは奥さんの名義で、勤め先も都銀ではなくてその系列のリース会社だったんです。全部が嘘ってわけじゃないけれど、限りなく嘘だってことがわかったんです」

かなり悪質である。経歴を盛ったことよりも、そもそも既婚を隠していた時点で悪質極まりない。

「絶対に許せないと思いました。これだけのことをされたのだから、簡単に引き下がるつもりはなくて、早速彼を呼び出しました。規約違反のことをサイト運営会社に訴える、独身と偽って女性を騙していることも会社に告発する、奥さんにももちろんバラすって宣言しました。私は彼に独身と言われて付き合っていたのだから、たとえ奥さんにバレても、私が慰謝料を支払う義務はないとわかっていたので」

彼女はなかなかはっきりした性格のようである。

で、彼の反応はどうだった?

「脅迫されたと思ったみたいで、ものすごく慌てていました。泣きながら謝られて、そのうえ土下座されて、その姿を見ているうちにひどく冷めた気持ちになりました」

想像だが、男はたぶんこれまでも同じ手口を使って来たに違いない。「騙された自分が馬鹿だった」と、泣き寝入りした女性もいたことだろう。

「彼は30万を迷惑料として払うと言いました。迷惑料というより口止め料ってことですね。お金を受け取るのはどうだろうって一瞬迷ったんですけど、甘い対応をしたら絶対にまたやるに決まってるから、受け取ることにしました。彼と別れた帰りに、目についたショップで同じ値段のバッグを買ってやりました。それで区切りをつけて、すぐまたネットで次の人を探し始めました」

この切り替えの早さこそ、彼女の強みでもある。

しかし、再びネットを利用するのはどうなのだ。信用して登録したはずなのに、男は既婚者だった。ネットの世界は闇に包まれ、実体が摑めない。厄介なこと、もっと言えば、犯罪に巻き込まれる可能性だってないとはいえない。懲りることはなかったのだろうか。

「もちろん慎重になりました。同じ失敗は二度としたくありませんでしたから。でも、なんだかんだ言っても、やっぱりネットは便利なんです。わざわざ外に出掛けなくても、目の前に男がずらりと並んでいるんですから」

そういう意味で、もう「出会いがない」と嘆く時代ではなくなったのだろう。

「何人かとちょこちょこ会ったりしてたんですけど、29歳になって、ようやくこれぞという人と出会いました。もちろん独身です。次に付き合う人とは何としても結婚に持ち込みたかったので、気持ちとしては真剣でした」

悪くない展開だ。

「でも、彼は私の部屋ばかりに来たがる人だったんです」

もしかして、また？

「独身なのは間違いないんです。同棲している女がいるわけでもない。それは何度も確認したので間違いありません。理由を訊いたら『家が汚いから』って言うんです。でも、そんなの理由になりますか？」

私はちょっとなんとも言えないけれど。

「デートはだいたいうちに来て、ごはんを食べて、お風呂に入って、テレビ観て、そのままお泊りってパターンがほとんどでした。それで、たまには外で食事したいって言ったら、言われたんです。デートにお金を遣うのはもったいないって。そういうことにお金を遣うより、将来のために貯めた方がいいって。一瞬、それは私との将来を真剣に考えてくれているのかなって思ったんですけど、そのあと、こう言ったんですよ。君が出してくれるのなら別にいいけどって。それまでも外ではほぼ割り勘だったのに」

　確かに、それはあまりにも身も蓋もない言葉である。

「それでようやく気付いたんです。彼、ケチなんです。私の部屋で過ごせば、買い物はみんな私持ちだし、お金をかけなくていい。でも自分の部屋だったらいろいろかかる。だから部屋に入れようとしなかったんですね。これ、ケチでしかないですよね」

　むしろタカリである。

「その上、セックスもちょっと自分勝手なところがあったから、この人とは将来が見えないとわかって、半年くらいで別れました」

　これまた素早い見限りである。

「そうこうしているうちに、転職を考え始めたんです。仕事は増える一方だし、そのわりにお給料はあまり上がらないし、それにまだ女性蔑視の傾向がある職場で、キャリアアップも望めそうにないし、会社の業績も右肩下がりでしたから、この会社にいても先はないと思いました。30歳直前でした」

すでにキャリアプランは会社の人事部ではなく、自分でデザインする時代となったことを痛感する。

「だから恋愛どころではなくなって、とにかく転職活動に集中しました。1年後に、無事今の会社に転職が決まった時はすごく嬉しかったです。希望の職種でしたし、仕事は楽しかったし、お給料は満足いく額だったし、同僚や上司にも恵まれて、心機一転、新しい職場で仕事も恋も頑張ろうと思いました。その点では何の不満もなかったんですけど……」

けど？

「モテなくなりました。若い頃は比較的ちやほやされていたんですけど、やはり年齢でしょうか、まったくお誘いがないんです。その上、外資系はみんなあまり職場にプライベートや恋愛を持ち込まないみたいで、合コンの声もかからないし、知り合うきっかけもないし。言い寄って来る男は既婚者のとんでもないおじさんばかり。仕事は楽しかったんですけど、結局、特定の恋人もいないまま、気が付いたら30代半ばに突入してしまいました」

女、30代半ば。

私からすれば十分に若いと思うが、当事者からすれば違う感覚を持つのも理解できる。思い返してみれば私もそうだった。ふと周りを見ればどんどん若い子が湧いて出て来る。30を超えると、時間が加速度的に過ぎてゆくことを実感し、恐怖すら感じたものである。

「それで、再びネットに頼ることにしたんです。マッチングアプリも進化していて、私の周りの知り合いも普通に利用していましたから。いろいろアプリがあって迷ったんですけど、いちばん登録者の多い、信用できそうなところを選びました」

今更だけれども、やりがいのある仕事を持ち、収入もそれなりにあるのに、どうしてこうも結婚に執着するのだろう。結婚しない生き方を選択する気はなかったのだろうか。

「それは……」

彼女は少し戸惑った。

「もしかしたら、友人から言われたことがあるかもしれません」

何を言われたの？

「その友人は学生時代から付き合っていた彼と20代半ばで結婚して、子供がふたりいるんです。久しぶりに一緒に呑んだ時、話の端々にちょくちょく『結婚していない人にはわからないだろうけど』とか『子供を持ってようやく大人になれた気がする』なんてディスって来るんですよ。本当の幸せがようやくわかったとか、家族がいかに大切な存在かとか。それって完全にマウントを取ろうとしていますよね。すごく気分が悪かったです。自分で言うのも何ですけど、これまで受験も就職も転職も、頑張って自分の手で摑み取って来ました。でも結婚できない女って決めつけられて、今までの努力がすべて帳消しにされてしまうなんてあんまりじゃないですか。だから私も絶対に結婚して、幸せになってやりたいと思ったんです」

それは友人に対する意地？　見返すため？　マウントの腹いせ？

本来の目的から離れていくように感じるが。

「きっかけはそうだったにしても、結婚したいという気持ちに嘘はありません。私も一生を共にするパートナーが欲しかったんです」

では、話を戻そう。

それでマッチングアプリはどうだった？

「登録して、しばらくして同い年の人と知り合いました。同じＩＴ系に勤めていて、お給料も悪くないし、優しそうな雰囲気だったから、結婚相手としてはいいかなぁって。こう言っては何ですが、仕事柄、マーケティングは自信があります。それで、私の方から積極的にアプローチして付き合うようになったんです。彼とは、このまま結婚にこぎつけられるんじゃないかと思っていました。ただ、性格的におっとりしたところがあって、物事がてきぱきとは進まなくて、時々、じれったくなったりもしたんですよね」

たとえば？

「何事においても即断即決ができない。食事や買う物ひとつ選ぶのにも時間がかかる。その点、私はせっかちな性格だからパッと決めちゃう。でも、それはそれでパートナーとして上手くいくんじゃないかって思っていたんです。のんびりやの夫に、しっかり者の妻って構図で」

確かに、性格の違いがプラスに作用することもある。

「彼もてっきり同じ気持ちだと思ってたんですけど」

雲行きが怪しくなってゆく。

「決定的だったのは、私の36歳の誕生日です。その日、彼がレストランを予約してくれたんですけど、行ってみたら予約されていないって断られてしまって。私は、てっきり彼が猛抗議するだろうと思っていたんですよ。それなのに何も言わず『あ、そうですか』ってすんなり引き下がったんです。信じられます？　私の誕生日なんですよ。それで私が代わりに言ったんです。店側のミスじゃないのかって。もっと誠意ある対応を求めたいって。さすがに、あちらは謝ってくれて、その上、次回にお使いくださいってクーポン券をくれました。レストランには入れなかったけれど、気持ち的にはすっきりしました」

まさに彼女らしい。

「だから、その日は仕方なく、駅ビルの中に入っているチェーンのエスニック料理のお店でごはんを食べました。プレゼントは、何だったかな、ちょっと今、思い出せません。あの時は、せっかくの誕生日を台無しにされて、お店にすごく腹が立っていて、ずっと不満を言ってましたから。彼もすっかり落ち込んじゃったみたいで、その日はあんまり会話もないまま、早めに切り上げて帰りました。別れたいって言われたのは、その3日後でした」

理由は？

「君には付いていけないって。何もかも自分の思い通りに仕切ろうとするところが受け入れられないって。一緒にいても楽しくないんだそうです、むしろ息が詰まりそうになる、なんて言われました」

その時、どう思った？

「すごく腹が立ちました。どうして私が責められなくちゃいけないんだって。彼を騙したわけでも、嘘をついたわけでも、自分が得しようと思ったわけでもないんですよ。みんな彼のためによかれと思ってやったことです。言ってみれば思いやりの精神です。実際、彼も助かったことがたくさんあったはずです」

彼の肩を持つわけではないが、確かに彼女には強引さがある。こうして話していてもそれが伝わって来る。自分に自信があるのはわかる。とはいえ「あなたのため」を旗印に、自分の考えを押し付けられるのはたまったものじゃない。

彼女の主語は常に「私」である。相手側に立って思考することができない。もしかしたら、彼女は恋愛だけでなく、日常でも周りとちょくちょくトラブルを起こして来たタイプなのかもしれない。先に出た既婚の友人の話にしても、彼女が先に相手の気に障る話を吹っかけたのではないか、とさえ思えて来る。

自分の性格を変えて、彼とやり直したいとは思わなかった？

「いいえ、そういうの無駄だと思うんですよね。だいたい性格なんてそうそう変わるものではないですから。その時に無理に相手に合わせても、いつかは綻びが出るに決まっています。だったら、別の人を探した方が合理的じゃないですか」

それも得意のマーケティングだろうか。

「またいい人を探します。今度こそ、自分にぴったりな人を見つけるつもりです。マッチングアプリがある限り、とにかく誰かと出会えるんですから」

そう言って、彼女は3杯目のスパークリングワインを飲み干した。

＊

やりがいのある仕事を持ち、会社では責任あるポジションに就き、経済的に自立し、納税の義務を果たし、時には募金もしている。そういう意味で社会人としてきちんと生きている女性が、恋愛となるとどうにも幼稚になってしまうケースがある。

彼女の話を聞いているうちに、あれも欲しいこれも欲しいと駄々をこねている子供のような気がして来た。

マッチングアプリというおもちゃ屋に行って、並んだ数ある商品の中から散々迷って手に入れたはずなのに、ちょっと気に入らないところがあるとすぐに放り出し、また新しいおもちゃに手を伸ばす。子供だって少しは工夫してみるとか、遊び方を変えてみるぐらいのことはすると思うのだが、それもする気はない。しない限り、新たな発見もないし、思いがけない楽しさも見つけられない。

おもちゃならまだしも、相手は人間である。感情もあるし性格もある。育った環境もまったく違う。最初から自分にぴったり合う相手などいるはずがないのに、それが受け入れられない。

探しているのが恋愛相手ではなく、結婚相手というなら尚更だ。長い人生を、相手とどうすればうまく擦り合わせて暮らしていけるのか、という発想も必要とされるはずだ。何より、彼女は減点式を取っていて、条件が満たされたところでは100点なのだが、ここが気に入らない、期待していたのとは違う、とどんどん減点していき、最後は0点になってしまう。

いっそ、加点式に変えてみたらどうだろう。少しくらい条件は悪くても、とにかく付き合ってみて、こんないいところがある、これなら楽しく暮らせるかもしれない、と、少しずつ点を加えてゆく。

恋愛関係もまた、基本は人間関係なのである。

そういう意味で、彼女の場合は女性としてというより、人として何かが足りない、いや逆に何かが過剰になっているのかもしれない。その何かは自意識かもしれないし、コンプレックスかもしれないし「この年まで頑張ったのだから、今更そこそこの相手なんかでは決められない」という意地かもしれない。

どうやら、彼女は選ぶ力は持っているが、選ばれる力は足りていないようである。

マッチングアプリを使えば、確かにそれなりの候補は上がってくるかもしれない。しかしその分「次にもっといい相手と出会えるかもしれない」と、期待が捨てられなくて、同じことを繰り返してしまう。

妥協する必要はないが、ないものねだりはせず、妥当な線で手を打つくらいの気持ちがないと、永遠に相手は見つからないように思える。

以前、婚活サイトの運営者からこんな話を聞いた。

「自分に自信がある女性ほど、カップルが成立しにくい。そうこうしているうちに、年齢がかさみ、相手から断られるケースが増えていく」とのことだ。「身も蓋もない話だけれど、出産などを考慮すると、男性側は結局若い女性を求める」と、言われて納得せざるを得なかった。彼女に条件があるなら、相手にもあって当然なのだ。

マーケティングが得意というなら、一度、周りの女性たちに自分がどう評されているのか探ってみるといい。

「仕事も出来るし、プライベートでは酸いも甘いも噛み分けた大人の女」

と一目置かれているか、それとも、

「仕事は出来るけれど、プライベートでは単なる勘違いの痛い女」

と陰で苦笑されているか。

後者でないことを祈ろう。

第4話　生身の男より虚像がいいこともある

――女の幸せより自分の幸せを選んだ53歳

「半年前に、猫を飼い始めたんです。すごく可愛くて、どうしてもっと早くから飼わなかったんだろうって後悔しています。今は猫にメロメロです」

53歳の直美さんは大手百貨店に勤めている。レディースカジュアルの販売員を経て、順調にキャリアを積み、今はMD本部ファッション担当のマーチャンダイザーをしているという。

それはどういう仕事？　横文字に疎くて。

「失礼しました。商品の開発、販売計画、予算管理などをする部署です」

なるほど。仕事は楽しい？

「忙しくて大変ですけれど、面白いし、やりがいもある仕事なので満足しています」

応え方がとても感じがいい。対応能力の高さはデパート仕込みだろうか。華やかな美人というわけではないが、年相応の落ち着きと包容力が感じられる。

デパートの恋愛事情ってどういう感じなの？

「この業界、圧倒的に女性が多いんです。だから社内恋愛となると、男女比のバランスが悪いのでなかなか難しいですね。新卒で入社した男性社員が、年上の一般職の女性に口説かれて付き合い始めるなんてケースがあります。女性たちは狩りと呼んでるみたいです（笑）。あとはアパレルメーカーなどの出入りの業者さんとの恋愛や結婚の話を聞いたりもします」

立ち入った話で申し訳ないけれど、あなたは既婚？　独身？

「独身です」

結婚について考えたことは？

「若い頃には、お付き合いした人もいるし、プロポーズされたこともありますけど、結局決心がつきませんでした」

まあ、縁とはそういうものだろうけれど。

「いえ、言うなれば自分で蒔いた種みたいなものですから」

自分で蒔いた種？

直美さんは肩をすくめた。どうやら、その辺りに彼女の恋愛におけるキーポイントがありそうだ。そこはもう少し後に聞くことにしよう。

ところで、あなたはいわゆるバブル世代よね。

「そうです」

あの頃、扇子振って踊ったクチ？

「いいえ、世の中がどんなに浮かれていても、ぜんぜん縁がなかったというか、そっち側には行けなかったですね。子供の頃から器量も大したことないし、運動神経も鈍いし、まあそこそこ勉強はできたんですけど、それだけで、性格も地味だし、たぶんクラス会に行ったら、そんな子いたっけという、典型的に印象の薄い子でしたから」

多少自虐的に聞こえないでもないが、もう大人となった彼女の口調は穏やかだ。

子供の頃に目立つ存在ではなかったとしても、今はこうして責任ある仕事を任されているのだから、胸を張っていい。

クラス会の話が出たからちょっと言わせてもらうが、確かに30代40代辺りまでは、かつてのイメージが残り続けることが多い。みんなまだ若いし、まだまだ自信だってある。過去の栄光を手放したくない気負いもあるだろう。

けれども50も過ぎた頃になると、状況は変わる。さまざまなことが結果となって現れてくる。あの頃、男の子の憧れの的だった女の子も、ファンクラブができるほどカッコよかった男の子も、みんなおばさんとおじさんである。太っていたり痩せていたり、白髪になっていたり薄くなっていたり、貧相になっていたり目つきが悪くなっていたり、「えっ、嘘でしょ」なんてことはざらにある。

逆に、あの頃は目立たず地味でダサかった子が、堂々たる存在感を持つようになっていたり、美醜とは別の意味でとてもいい顔になっていることもある。見た目ばかりでなく、話し方や話の内容、人との接し方、佇まいなどを見ると、いい人生を送っているんだろうな、と想像がつく。時間は人を変える。妥当にも、容赦なくも。

だから、クラス会は50代からが面白い。

話が逸れてしまったが、恋愛のことを聞かせてもらおう。

「恋愛ですか……。お恥ずかしい話なんですけど、私、ちゃんとした恋愛をしたことがないんです」

さっき付き合った人もいるし、プロポーズされたこともあると言っていたけれど。

「それはそうなんですけど、何て言えばいいのか……。馬鹿げていると笑われるのを覚悟して告白しますけれど、私、男性ときちんと向き合えないというか、早い話、生身の男性が苦手なんです。どんなに優しくて真面目で、仕事熱心でいい人であっても同じです。このままじゃいけないって、頑張って自分に言い聞かせてお付き合いした時もありましたけれど、やっぱり無理でした。この年になって言うのも恥ずかしい限りですけど」

そんなこと少しも思わない。むしろ興味深い。

ただ、どうしてそうなったのか、その辺りをもう少し詳しく教えて欲しい。

「子供の頃に遡りますけど、最初に好きになったのは、少女マンガに出て来る男の子でした。主役じゃなくて、脇役のあまり目立たない、ちょっと翳りのある男の子で、そういう子を応援するのが好きだったんです。中学に入ってからはアイドルグループにはまったんですけど、その時も、目立たない方のメンバーに夢中でした。彼が写っている雑誌があったら買いあさって、自分でスクラップを作ったりしていました。進学を東京に決めたのも、その男の子を実際に見てみたかったというのが理由のひとつです。彼が出る音楽番組があると、何時間もかけてスタジオの入待ちや出待ちをしました。いわゆる『おっかけ』ですね。今で言うなら『推し』かな？」

それなら私にも経験がある。生まれも育ちも地方で、いわゆる芸能人など見たこともなかった高校生の頃、大ファンだった男性モデルがファッションビルのオープニングセレモニーに来場すると聞いて、整理券を貰うために朝早くから並んだ。バルコニーから手を振る彼の姿がどんなに格好良かったか。あの時のうっとりした感覚は今もよく覚えている。

とはいえ、所詮は手の届かない夢の中の人である。私もそうであったように、多くの女性は次第に生身の男にシフトしてゆくものだ。

その前におっかけの心理を教えてもらえる？

「心理と言うと？」

たとえばいつか顔見知りになって、気に入ってもらえて、メルアドを交換して、彼女になれるかもしれない、なんて期待するとか。

「綺麗な子ならその可能性もあるかもしれませんけど、私はそんな大それたことは考えていません。ただ、その男の子を身近に感じられれば、それだけで心の底から満足できましたから」

周りの友達の反応は？

「さすがに誰にも言えませんでした。中学生じゃあるまいし、大学生になってもおっかけなんて、変人に思われるに決まっています」

　じゃあ恋人は？

「その頃は誰とも付き合っていません。必要性を感じなかったんです。それくらい男の子に夢中でしたから」

　手の届かない相手ばかりを好きになるのは、自分が傷つきたくないから、と分析されたりもするけれど、その点についてはどう思う？

「そうですね、確かに間違ってはいないと思います。だからって傷つかないわけじゃありません」

　傷ついたことがあるの？

「ある日突然、何の前触れもなく、その男の子がいきなり引退したんです。元々売れてなくて、いつも端っこで笑ってるだけだったから、もうアイドルとしての成功はないと諦めたんでしょうね。それを聞いた時は裏切られたような気がして悲しかったですね。スクラップを眺めながら毎日泣いていました」

　失恋と呼んでいい？

「友人の失恋話を聞いた限りでは、似ているような。でも、よくわかりませんでした。

そのうち就活が始まって、いつしか男の子のことも忘れていました。就活は大変だったけれど、希望通りのデパートに就職が決まったので、すごく嬉しかったです。その時、ふと思ったんです。もしかしたら、今が普通の女性に戻れるいいチャンスかもしれないって」

いつまでも夢見る少女ではいられない、と思ったわけだ。

「そういうことです。入社してからは合コンの声が掛かれば参加したし、友人からの紹介もあったりと、何人かの男の人とお付き合いをしました」

付き合いたいと思ってもそうそう付き合えない女性もいるのだから、あなたは男性に好かれるタイプだったのね。

「どうなんでしょう。自分からこの人でなくちゃ、なんて願望がなかったから、逆に声を掛けやすかったのかもしれません」

それで生身の男はどうだった？

「今、振り返ってもよくわかりません。元々男性と向き合うのが苦手だし、デートに誘われても緊張して話も弾まなくて、なかなか進展することはありませんでした。とりあえずセックスも経験したけれど、こんなものなのかなって感じです。楽しくないわけじゃないんです。でも情熱という意味ではおっかけの頃の方がずっと燃えたし、あの熱量にはかなわないという感じでした。自分の部屋に戻ってひとりになるとホッとするんです」

女性の多くが経験していると思うが、セックスは布団の中でするものではなく、それを引っ剝がしてするものだと知った時、夢がひとつ壊れる。生身の男に対して、彼女が思い描いていたものとはズレがあっても不思議ではない。

「そういう気持ちって、相手にも伝わるんでしょうね。知り合って2、3か月もすると、いつの間にか連絡が遠退いて、自然消滅というパターンでした。まあ付き合う相手がいなくても殊更困ることはないので、それならそれで構わないって感覚でした。でも30歳を目前にした時はさすがに不安になりました。このままじゃ本当に人生を見失ってしまうかもしれないって。どんどん結婚していく友人たちを目の当たりにして、人並みの人生や女の幸せを考えたら、やはりちゃんと恋人を作って、結婚して子供を産んで、家庭を築いていくべきだって思ったんです。あの頃、結婚した友人から若いうちはいいけれど、年を取ってからひとりっていうのは寂しいわよって言われて、返す言葉がありませんでした」

ちょっと脅しのように聞こえる。今の私なら、その根拠は？　と友人を問い詰めてしまいそうである。それについては後に書くことにして、話の先を聞かせてもらおう。

「ちょうどそんな頃、同じ職場の人に交際を申し込まれたんです。見た目はさておき、とてもいい人で、真面目だし、周りからの信頼もあって、この人なら安心できると思えて付き合い始めました。今度は、私なりに頑張りました。何より彼のことを優先するようにしたし、好かれるように服装や御化粧にも気を配りました。1年ほど付き合った頃にプロポーズされました」

それはよかった、と、言っていいのだろうか。

嬉しかった？

「安心したって感じでしょうか。これで人並みの人生が送れるって」

人並み。前にも出たけれどそれって何だろう。平均値ということ？　多数決の多数ということ？　彼女はその基準をどう判断したのだろう。

「親を安心させたかったというのがいちばん大きかったです」

なるほどね。でも、そこまで話が進んだのに結婚に至らなかった。

「はい」

その理由を聞かせて。

「ある時、たまたま同僚に誘われて、下北沢にある劇団のお芝居を観に行ったんです。本当に何気なく行ったんですけど、それに出演していた役者さんに魅了されてしまいました。翳りのある容姿はもちろん、声も演技も本当に美しくて、あの胸が切なくきゅっと締め付けられるような高揚感を思い出してしまったんです」

もしかして、おっかけが復活したってこと？

「さすがにもう大人だし、仕事があるので入待ちや出待ちはしませんけど、時間の許す限り、その役者さんの出演する舞台を観に行くようになりました。もう観ているだけでうっとりして、どっぷりその世界に浸れて、とにかく気持ちがわくわくするんです。公演は休日が多くて、それで彼と休日にデートをするのが難しくなって、でも本当のことは言えなくて、適当な理由をつけて断っていたら、彼は少しずつ不満を感じていったようです」

彼がそうなるのはわかる。

それがきっかけで？

「決定的なことがあったんです。彼から『両親が上京するから紹介したい』って言われたんですけど、その日がその役者さんの千秋楽で、その日を逃したら次にいつ観られるかわからない状況だったんです。どうしようか、すごく悩みました」

で、どっちを選んだ？

「その時は、彼の両親を選びました。結婚しようと決めたんだから、何をおいても行くべきだし、それが務めだと自分に言い聞かせました。ご両親は気さくでとてもいい方で、私のことも歓迎してくださって、その夜は4人で食事をしました。でも、その間私の頭にあったのは、あの役者さんのことばかりでした。今頃は二幕に入ったところだなとか、あの美しい声の長台詞を最後に聞きたかったなとか。つい上の空になって、彼やご両親と話を合わせるのが大変でした。結局それがあって、またいろいろ考えてしまったんです。私、彼のことが本当に好きなんだろうかって。もっと言えば、結婚して、家庭を持つってことを、自分は本当に望んでいるんだろうかって」

原点に戻ったわけだ。

「考えに考えた挙句、私にとってのファーストプライオリティはそこにないことがわかったんです。それでプロポーズはお断りしました。わかってます、馬鹿げてますよね」

馬鹿げているとは思わないが、理解に苦しむ人がいるのはわかる。

彼には何て説明を？

「正直に言いました。好きな役者さんがいて、今はその人の方を大切にしたいって」

反応はどうだった？

「ただただ驚いていました、本当にそんなことが理由なのかって。理解できないのは当然です。もっと現実を見るべきだと言われました、人生を甘く見るなとも。最後は呆れていたと思います」

彼にそう言われて、あなた自身はどんな心境だった？

「申し訳ないという気持ちはありましたけど、何だかすっきりしました。覚悟がついたっていうか」

それはどんな覚悟？

「これから自分の好きに生きて行こうって」

人は自由に生きていく権利がある。それは誰にも止められない。着地点としては実にまっとうである。

ただ、少数派が肩身の狭い思いをするのは世の常である。もちろん彼女もそれはわかって決めたのだろう。

今もその役者を？

「いえ、2年ほど夢中だったんですけど、その後にミュージカル俳優に出会って、舞台に通い詰めました。他にも何人かいたんですけど、最近は歌舞伎の若手役者にぞっこんです。立ち居振る舞いが本当に優雅なんです。もう見ているだけで満たされます。もうすぐ次の舞台が始まるので楽しみです」

あなたは、それを恋愛と考えている？

「もちろん恋愛とは違います。でも、私はそれでいいんです。こんなにも情熱を傾けられる相手がいてくれるんですから。むしろ、恋愛以上じゃないかなって」

野暮な質問だけれど、今その年になって、後悔しているとか寂しいとかは？

もともと、それが不安で結婚しようと決心したのよね。

「基本がインドア派なので、家で本を読んだり映画やドラマを観たりするのが好きなんです。ひとりでショッピングするのも食事するのも苦じゃないし、家事やお料理も得意だし。とにかくいちばん寛げるのが自分の部屋なので、根っからひとり暮らしが向いているんですね。だから、こちらを選んでよかったと思っています。仕事は充実しているし、将来のための預金もしているし、数少ないですけど信頼できる女友達もいます。心配していた両親も、妹が結婚したので、私のことは諦めがついたようでホッとしました。そして、私をこんなにもドキドキさせてくれる男性がいて、その上今は猫も一緒ですから。牡猫なんですけど、本当に美しい猫なんですよ。こんな美しい猫、見たことないっていうくらい」

足りないものは？

「何もありません。今の暮らしで完璧です」

最後、清々しいほどきっぱりと彼女は言った。

＊

多様性の時代と言われながら、未だに恋愛・結婚・出産こそが女の幸せという風潮は根強く残っている。それに縛られ、窮屈な思いを抱いている女性も多いはずだ。

正直なところ、私も若い頃はそうだった。時代が違うのもあるが、女性は20代の半ばにもなれば結婚するのが当たり前だと思っていた。実際、周りのほとんどは結婚していたし、当然、自分もそうなるものと思い込んでいた。が、そうはならない。恋愛もお見合いもしたけれどうまくいかない。どうしてみんなができることが自分にはできないのだろうと、落ち込んだりしたものだ。

なぜそんなに結婚したかったか。

答えは簡単。結婚しない人生というものが想像できなかったからである。

少なくともそれまでは、進学や卒業、就職と、年齢ごとに何かしらの区切りがあった。同じようにこれからも結婚、出産と区切りがあり、そこから先は夫の昇進や、子供の進学や卒業が区切りとなって人生が刻まれてゆくものだと考えていた。それがないとなると、先の見えない、ただ茫々とした人生が目の前に広がるだけだった。

結婚しなくて何をするの？

既婚の友人から聞かれて言葉に詰まったことがある。友人に悪気はなかっただろうが、何やら哀れまれたような気がしていたたまれなかった。そんなふうにしか受け止められなかったのは、あの頃、思い通りにならない状況に、私自身、相当心をこじらせていたからだろう。

もうひとつの理由に、身近にロールモデルとなる独身女性がいなかったせいもある。やりがいのある仕事があっても、好きなことに熱中していても、結婚をしなければ女性として欠けていると捉えられる風潮が残っていて、独身で生きていくことの想像がつかなかったのだ。地方の町でしか暮らしたことのない私は、視野もずいぶん狭かった。今となってみれば、何て子供だったのだろうと呆れてしまう。

データによると、離婚率は35パーセント。合計特殊出生率は１・26となっている。結婚したら幸せになる、子供を産んでこそ一人前、と言われ続けて来た結果がこれなのである。あの思い込みはなんだったのだろう。

ついでに書かせてもらうが、日本の独居老人は６００万人に迫っている。そのすべての方々が独身だったわけではなく、結婚して子供もいる方も多い。みな何らかの理由や事情で独居している。結婚したら老後が安心などというのも幻想なのである。何より、まるで独居老人のすべてが孤独で可哀そうな人と考えるのは失礼な話である。ひとり暮らしを楽しんでいる方も多いはずだ。

私自身、結婚したのは40代後半で、ひとりで生きていくことを受け入れていた時だった。結婚したいから相手を探すのではなく、結婚したいと思った人と出会えたら結婚しよう、と考えていたが、内心、たぶんそれはないだろうと思っていた。が、人生はわからないものだ。結婚には周りも驚いたが、私も驚いた。私にとってはきっとその時がタイミングだったのだろう。

もし今、結婚して幸せかと問われれば「おかげさまで」と答えるようにしている。しかし、そんなわけはない。日々、葛藤である。結婚はひとつの戦いであることも知った。「禍福は糾える縄の如し」。まったく昔の人はうまいことを言う。

結婚して幸せに生きている女性も知っているし、結婚して不幸と嘆いている女性も知っている。独身で幸せに暮らしている女性も知っているし、独身を不幸と嘆息する女性も知っている。

結局、どちらを選ぼうと、幸も不幸も付いて回るものなのだ。

彼女のように生身の男ではなく、ただ眺めるだけの虚像の相手を選んだ在り方に、疑問を持つ方もいるかもしれない。逃げの人生の言い訳でしかないのではないかと勘ぐる人もいるだろう。しかし逆に、それと同じくらい、羨ましく感じる女性もいるはずだ。

彼女は、世の中で言う人並みの人生ではなく、自分の人生を選んだ。

女の幸せではなく、自分の幸せを選んだ。

彼女がいいならそれでいい。誰にもとやかく言われる筋合いはない。

第5話 「相手と対等」をお金で測る危険性
――経済力重視で三度離婚した38歳

「今、婚活中なんです。バツ３ですからどうなるか分かりませんが」

ＣＭ制作会社勤務の葵さんは38歳、安達祐実似のベビーフェイスだ。こんなにかわいらしい顔で、突然のカミングアウトである。バツ３とはとても思えない。

彼女の結婚観は独特なのだろうか。そこから聞いてみよう。

「身も蓋もないと思われるでしょうが、まずはお金です。元夫たちも全員、高収入でした。性格や顔より、やはりお金を持っていることが重要です。だって、お金って大事でしょう?」

彼女の言い分を否定するつもりはない。

お金に余裕があれば夫婦喧嘩の８割は解消される、と聞いたことがある。あながち間違いではないと思う。夫婦２人だけの暮らしならともかく、子育てにはそれなりの費用がかかる。最近の不況や値上がりのニュースを聞く度、いっそう強く感じるようになった。

私自身、30歳で会社員からフリーランスとなってから、今月の収入ゼロという経験もしている。入金のない通帳をじっと眺めながら、ちゃんと生きていけるのか、いたたまれない気持ちになった。お金の大切さは身に染みている。

「でも、そんなことを口にすると白い目で見られるので、誰にも言いませんけど」

まあ、彼女にもそれくらいの分別はあるようだ。

それで、最近の出会いは？

「この間、一緒に仕事をしたIT企業の役員です。仕事がひと段落して打ち上げが終わってから、お礼のメールを送ったんです。『この間、皆で行ったお店、素敵でした。またぜひご一緒させてください』ってかなり匂わせたつもりなんですけど『お疲れさまでした』って、杓子定規な返事しか来ませんでした。以前だったら、待ってましたとばかりにデートの誘いが来たものですけど。やはり若い女の子がいいんでしょうか」

若さのせいとばかり決めつけるのは、ちょっと違うと思うが、彼女の気持ちはわかる。

結婚願望は若い頃からあったの？

「はい、もちろんです。就職してからは結婚前提でない方と、お付き合いするつもりはありませんでした」

それはまたずいぶんと割り切った考え方である。

最初の結婚はいつ？

「23歳の時です。相手は就職してすぐ、研修で参加した撮影現場で名刺交換した芸能事務所の社長です。何かとメールをくれて、私も就職したばかりで不安だったので、相談に乗ってもらっているうちにお付き合いが始まりました。彼は個人事業主。そこそこ売れている俳優さんも何人か抱えていて、かなりの高収入でした。なので、出会って半年後に結婚しました」

相手が芸能事務所社長とは……のっけから現実味のない話で対応に戸惑ってしまうが、何にしろ出会って半年で結婚とはなかなかに大胆である。

そうは言っても結婚はタイミングや勢いが必要だから、若いふたりなら情熱的になって一気に突き進むこともあるだろう。

「あ、いえ。若くはないです。彼は私より27歳年上なので、当時、50歳でした。その時、すでにバツ2でした」

さらりと言われて言葉に詰まってしまう。

ということは父親と同じくらいの年ではないか。葛藤はなかったのだろうか。周りもさぞかし驚いたことだろう。

「社会人1年目の冬でしたから、びっくりした人は多かったですね。でも私の両親はそういうことには口を出さないタイプだし、会社も自由な社風だったので、特に問題はありませんでした」

仕事はどうしたの？

「元々結婚しても辞めるつもりはありませんでした。仕事は楽しかったし、子供が生まれたとしてもずっと働くつもりでいました。もちろん彼もそれを認めてくれていました。結婚生活はすごく順調だったのですが、半年ほどした頃、彼の事務所の所属タレントが不祥事を起こしてしまったんです。薬物スキャンダルだったんですけど、CMや出演ドラマがキャンセルになって、その賠償金を背負うことになりました。それで資金繰りが苦しくなって、彼は会社のお金だけでなく、私財を投じると言い出したんです。私、どうしても賛成できませんでした。そんなことをしたら家も預金も何もかも失ってしまう。でも何を言っても彼の決意は固くて、将来のことを考えて、結局別れを選択しました」

金の切れ目が縁の切れ目、と捉えていい？

「まあ、そう思われるのは仕方ないと思います。ただ彼の方も、若い私を巻き添えにするのは心苦しいって気持ちもあったみたいです。話し合いはすんなり進んで、あっという間に離婚が成立して、慰謝料、私たちの場合は解決金という形なんですけど、それも貰えたので彼のことは恨んでいません。派手な世界の人だったけれど、今思えば、いい人だったんだと思えます」

その時の金額を聞いていい？

「500万です。8か月の結婚生活でしたから、まあ、仕方ないですよね」

仕方ない、という言葉がふさわしいかどうかは疑問だが、円満に片が付いたのだからよしとしよう。

なぜ彼女にとって人生の最優先事項がお金になったのだろう。もしかしたら育った環境にあるのだろうか。子供の頃にお金で苦労すると、その苦い経験だけは繰り返したくないと、お金に執着するケースもあると聞く。

「いいえ、別に私、家が貧しかったというわけではないんですよ」

大きい瞳を瞬きさせながら、彼女は言った。

「父は総合商社に勤めています。母は専業主婦で、4歳違いの姉と2人姉妹です。小さい頃から、ピアノ、バレエ、お習字、水泳、学習塾などひととおり習い事をさせてもらいました。父の方針で中学までは公立に、高校は私立大学の付属校に行って、大学はそのまま進学しました。高校と大学ではチアリーディング部に所属し、映画が大好きだったので映画研究会にも所属していました。ピアノもずっと続けていて、父は家族のためにたくさん稼いでくれていましたし、地元に少し土地もありますので、お金に困ったことはありません」

少々皮肉も込めて言わせてもらうが、文句の付けようのないお嬢さんである。お小遣いもさぞかしたっぷり貰っていたのだろう。

「いえ、私、お小遣いをもらったことがないんです。高校卒業まで、お金が必要な時はその度に母に報告して、必要な金額だけを貰い、領収書と共におつりは全額返す約束でした。父が家族のために稼いできた大切なお金なので、当然のことです。アルバイトも禁止だったので、基本的に自由に使えるお金はありません。大学入学後はアルバイトを始めましたけど、学業優先ということで、月に3万までという約束を守りました。彼氏ですか？　ええ、人並程度にはいました。ただ、デートの時、お店で彼が支払ってくれる度に、なんだか落ち着かなくなるんです。私、奢られるのも奢るのも好きじゃないんです。人として対等であるためにも、お金のことはきっちりしていたいんです。周りの女の子は、彼にどれだけ貢がせるかなんてことで競っていましたけど、私はくだらないって思っていました」

話を聞いて、ちょっとイメージが変わってしまった。彼女のような女性は、男が払うのが当たり前、と考えるタイプだと思っていた。どうやら私自身が、先入観に捕らわれていたようだ。

ただ、彼女の言い分は潔いようにも感じるが、何においても相手と対等であろうとするスタンスは、時として対立を際立たせる。対等を、お金で測っているところも危うい。お金がないことは負けなのだと、彼女自身が最初から決めつけているようにも感じられる。

「卒業後はＣＭ制作会社に就職しました。そういう職種って華やかそうに見られがちですけど、仕事は地味だし、お給料もそんなにいいわけじゃないんですよ。でも、初めてお給料をもらった時は感動しました。今までがぎりぎりだったから、こんなにたくさん自由になるお金を手に入れられるのかって。だからって無駄遣いはしません。ブランド物にも興味はないし、服だってネットで買うものばかり。質素が身についていますから」

この金銭感覚はどこから生まれたのだろう。

「強いて言うなら姉でしょうか。4つ年上の姉は、私より美人で勉強もできるし、一流大学から一流企業に就職しました。でも昔からお金にルーズっていうか、あればあるだけ遣ってしまうタイプなんです。学生の時からいいように友人に奢らされているのに『ある者が払えばいいのよ』って伝票を手にするんです。そういう人って、駄目な人間ばかりが群がってくるんですね。男も同じです。お金目当てなのに『私が何とかしてあげなくちゃ』って。結局、ろくでなしの男に引っ掛かってばかり。フリーターとか売れない役者とかミュージシャンとかにはまって貢いでた時もあるんですよ。男を見る目がからっきしないんです。結局、結婚した相手も生活力のまったくない男で、今はヒモみたいになっています。男って甘やかされるとどんどん付け上がる生き物じゃないですか。今も姉は朝から夜遅くまで働いていて、子供が欲しいなんて言ってますけど、その状態で産めるわけがないし、もともと、生まれたらどう育ててゆくかなんてぜんぜん考えてないんです。ただ呑気に夢見ているだけ。そんな姉を見ているから、自分は絶対に経済力のない男だけは選ばないって決めていました」

姉が反面教師というわけだ。

しかし結婚の形は人それぞれである。彼女からすればろくでなしの男でも、姉にとってはかけがえのない人かもしれない。肝心なのは、姉が今の生活を幸せと感じているかどうかである。そういう意味で、姉はたぶん幸せなのだろう。だから別れるつもりはないし、夫との子供まで望んでいる。そして、姉のそういうところが、更に彼女を苛々させているに違いない。

姉ぐらいのレベルの人なら最高の条件の男と結婚できるのにどうしてあんな男と、と納得できないのはわかる。裏を返せばそれも姉妹愛のひとつである。姉にはいつも憧れの対象であって欲しかったのだろう。

いつの時代も姉妹の関係は難しい。いちばん身近なロールモデルになるかと思えば、時に強力なライバルにもなる。出来過ぎた姉を持つのもプレッシャーだが、失望させられる姉でもあって欲しくない。

ご両親はお姉さんのことを何て？

「もう大人なんだから、自分の人生は自分で決めればいいって。今更親がしゃしゃり出る必要はないって。その他人事みたいなところも納得できないっていうか」

ご両親はなかなかの太っ腹である。多くの親は心配が先に立ち、ついあれこれ口を出してしまうものである。

しかし、たとえ口を出さずにいても、決して他人事と思っているのではないと感じる。娘の選択を尊重してやりたい、娘の味方でいたいのだ。もし、娘からSOSがあれば何をおいても駆けつけるに違いない。

この辺りで、2番目の結婚の話を聞かせてもらおう。

「会社の先輩です。彼は以前から私のことを良く思ってくれていたようで、私の離婚を聞きつけて、すぐに交際を申し込まれました」

どんなタイプの人？

「イケメンからはほど遠いですね。背も低いし、小太りの、もっさりした人。でも、私は見た目は気にしないんです。生理的に受け付けられない男は別ですけど、顔なんて本質とは関係ないし、大した問題じゃありません。それに、そういう男ならモテないだろうし、浮気もしないだろうから、安定した結婚生活が送れるでしょう？　年収は650万程度なんですけど、ご両親が都内にマンションを何棟か持っていて、その中には彼名義のものもあり、家賃収入だけで年間1000万近くあるって聞いたので、決めました」

やっぱり決め手はお金なのか。そこまでお金に執着されるとさすがにしらける。

彼女は少し憤慨したように言った。

「贅沢したいわけじゃないです。さっきも言いましたけど、ブランド好きでもないし、宝石にも無関心だし、豪勢な海外旅行とか、高級レストランにもさほど興味はないし、日ごろの食事も自分で作っていますし」

ますますわからなくなって来る。お金はあっても堅実さは失っていない。このギャップをどう受け止めればいいのだろう。

で、結局のところ、お金の目的は何？

「すべては将来のためです。子供にできるだけのことはしてあげたいんです。私が両親からそうしてもらったように、才能を伸ばすためにも習い事は何でもさせてやりたい。いい学校に入れて、いい教育を受けさせて、留学だってさせてあげたい。そのためのお金なんです。最終的に親ができることって、子供がいい人生を送るために何でもしてあげるってことですから」

生まれてくる子供のために、と彼女は力説したが、聞きようによっては「子供のために頑張る私」という、自己満足に酔っているようにも受け取れないこともない。彼女が両親にそうされて幸せだったのはわかるが、彼女がこれから産もうとしている子にとってはどうなのだろう。逆に負担と思われる可能性だってある。

でも2回目の結婚も上手くいかなかった。

そうなったのはなぜ？

「結婚して2年くらいして、そろそろ子供が欲しいって思い始めた頃から、夫の行動に不審なところが出て来たんです。仕事が忙しいのはわかっていたんですけど、なかなか連絡が取れなくなって、それなのにこまめにSNSは書いているんですよね。あまりうるさく言いたくはなかったので、SNSを見続けました。それで気がついてしまったんです。女です。彼、自分名義のマンションの一室に女を囲っていたんです。問い詰めたら生活費も全部面倒をみていると白状しました」

SNSってすごい。行動が手に取るようにわかってしまうのだ。

バレるなどと考えもせずに書いている夫の方もどうかと思うが、見つける彼女の方もただならぬ思い入れである。

「それだけは心配ないと思っていたのに、見事に裏切られました。いちばん腹が立ったのは、浮気そのものよりその女に遣っていた金額です。キャバクラ勤めの女だったんですけど、マンションにタダで住まわせているだけじゃなくて、売り上げにも貢献して毎月１００万近く遣っていたんです。それだけで年間１２００万ですよ。家賃収入を全部つぎ込むなんて信じられます？」

しかし、あなたはお金があるからと割り切って結婚したのだから、女関係も割り切れるのでは。

「それが、夫はその女と結婚したいから別れて欲しいと言い出しました。いいように利用されているだけなのに、すっかり舞い上がっちゃって。そんな馬鹿な男だったのかと愛想が尽きてしまったんです。お金のない男も嫌いだけれど、頭の悪い男も嫌いです。結局、離婚することにしました。慰謝料は女に遣った金額と同じ、１２００万いただきました。やっぱりぼんぼん育ちの男は浮わついてますすね」

浮気を擁護するつもりはないが、その時、あなたは「なぜ、夫は浮気したのだろう」ということは考えなかったの？

「それはどういう意味ですか」

たとえば、お金のことばかり言っている妻との生活に、夫は気が休まらなかったのではないか、とか。

「浮気は浮気です。これは離婚案件として成立する事実です。あんなモテそうもない人でも、やっぱりお金があると女って寄って来るんですよね」

彼女は眉を顰めたが、お金に惹かれたのは彼女も同じである。むしろ、そのキャバ嬢のことを理解できるのではないかと思うが……。

「3回目の結婚は、金融機関勤務の40歳の人で、年収は800万くらいでした。すでにマンションを持っていたので、それならいいかなって。その頃、私も35歳でしたし、同じような失敗は繰り返したくなかったので、人となりをよく観察して、仕事も真面目だし、経済観念もしっかりしていたことがわかったので、お付き合いを始めました。結婚したのは1年ほど経った頃です」

男はお金だけじゃない、とわかったということは、あなたも成長したんだ。

「その時はそう思ったんですけど、やっぱりダメでした。あの人、私のお金の使い方をいちいちチェックするんです」

あぁ、そのタイプだったか。

「無駄遣いなんかしているわけではないのに、レシートをいちいち確認するんです。コンビニでお茶を買っただけで、『なんでスーパーで買わないんだ』って文句を言われたりして。結婚前にはわからなかったんですけど、とにかくお金に細かいんです。まあ、これまでの元夫のように、外で勝手にお金を使うことはありませんでしたが、それ以上に、私は自分のお金の使い方に文句を言われるのがすごくストレスでした」

それは理解できる。特に、自分で稼いだお金なら尚更だ。

「しかも、彼と2人で外食やお買い物に行く時、自分のクレジットカードを使わないんです。だから、私が支払いをすることが多くて」

それはなぜ？

「クレジットカードは信用できない、不正利用が怖いと言うんです。けれど、私がカード払いするのは構わないのだから、それは変でしょう。お金の使い方に口を出される上に、私のお金を使われるのが耐えがたくて、だんだん顔を見るのもうんざりするようになって、離婚を決めました。けれど、彼はケチなので、慰謝料はもちろん、私が立て替えていたお金も払いたくなかったみたいです。それで弁護士を立てて、合意まで時間がかかってしまいましたけど、なんとか離婚しました。それからすぐに、次の人を探し始めました」

これまた彼女らしい。男を見る目がなかったとグズグズ悩んだりせず、すぱっと切り替える。その性格は長所と呼んでいいのか、難しいところではあるが。

「だって、子供を産むことを考えたら、早く再婚しないとならないでしょう。でも、アラフォーにさしかかるとさらに出会いもありません。仕方ないので、婚活サイトや結婚相談所に登録しましたが、理想の人はなかなかいなくて。運営側からは、少し条件を下げたらどうかって言われました。私の希望する年収1000万というラインの男は、みな20代の女性を希望しているというんです」

あなたに理想があるように、相手にもある。お金のある男なら、誰もが羨むようなトロフィーワイフが欲しいのだろう。

条件を下げるつもりは？

「ありません。そこだけは譲れませんでしたから」

お金を最優先に選んだ相手に三度も裏切られたというのに、理想は揺るがない。これは信念なのか、懲りないだけか。

ふと、お姉さんと重なってしまう。男にたかられ続け、お金に無頓着すぎる姉と、男をお金でしか判断しない妹。もしかしたら、ふたりは根底で繋がっているのかもしれない。もちろん、決して彼女は認めないだろうが。

「だから今は、婚活と同じくらいマネ活に重点を置いています」

マネ活?

「異業種の人との出会いを求めて、金融セミナーに通ってみたんです。そこで投資と出会いました。スマホを使って気軽に始められるんですよ。それにすっかりはまってしまったんです。今はまだ初心者だし、損をしないように月に10~20万くらい儲かったらそれ以上は取引しないようにしているんですけど、もっと勉強して知識が身についたら、金額も上げたいし、難しい投資にもチャレンジしていくつもりです。それで私、ようやく気が付いたんですよ。結婚相手に求めるより、自分でお金を稼いだ方がストレスがないし、手っ取り早いって」

着地点としては悪くない気がする。寄り添って生きる相手が必要ないというなら、通帳に並ぶ数字の方が、彼女に安らぎを与えてくれるはずだ。

じゃあ結婚する必要がなくなったのでは?

「でも、子供は欲しいんですよね。両親みたいな夫婦になるのが理想なんです。だから婚活は続けます。それでも、どうしても相手が見つからなかったら、精子バンクから優秀なDNAを持った精子を提供してもらって妊娠することも考えています。40歳になる前に、私の卵子を凍結して保存しておく計画も立てています。それって結構費用がかかるんですよ。だから、そのためにもお金はしっかり貯めなくちゃ。ほら、やっぱりお金は大事でしょう？」

彼女は合意を求めるように、力強く念押しした。

＊

徹頭徹尾、お金の人である。ある意味、価値観がぶれないのは潔いかもしれない。

彼女の決断力の強さは、お金という揺るがない基軸があるからで、だからこそ、結婚の100倍は気力も体力も消耗すると言われる離婚を3回も成し遂げられたのだろう。その上で「お金のある夫を持つ」から「自分でお金を生み出す」ところまで進化を遂げたのだから、大した根性である。

確かに、世の中の多くのトラブルはお金が絡んでいる。お金があれば、背負わなくてもいい苦労を回避できることもある。だから、相手に資産を求める彼女を否定する気はないのだが、このまま彼女が満足するだけ稼ぐことができたら、その時、ようやくお金の呪縛から逃れられるのかもしれないとも思う。

この年になると「愛さえあればお金なんて」の成れの果てを見て来た。

結婚式であんなに蕩けた笑顔を振り撒いていたふたりが、数年後には「夫の稼ぎが悪いからこの有様」「自分で稼ぎもしないぐうたら妻」と、互いに愚痴をたれまくっている。

愛だけでお腹は満たされない。愛だけで寒さや暑さはしのげない。突然事故や病気に見舞われても、愛だけでは治療費も払えない。生きるということは、お金がかかるということだ。その現実に直面して、愛はやがて疲弊してゆく。

愛とお金。

どっちを選ぶなんて問うこと自体、野暮だとわかっている。愛も大事、お金も大事。両方欲しいが本音である。それは決して欲張りでも我儘でもない。

私の周りには、仕事を持っている女性が多いのだが、独身女性は当然としても、人も羨むような経済的に恵まれた相手と結婚しても、仕事を辞めるつもりはないと言う人がかなりいる。

理由は、仕事が好きだから、生きがいだから、社会と繋がっていたいから、とは言っているが、本音のところでは、自分で稼ぐ術を持っておけば、いざという時でも自分の足で立っていられるからだろう。

もし、夫からひどいモラハラを受けるようになったり、浮気されたり、DVや経済的DVに遭わされたりして、夫婦関係が破綻しても、自分で稼いでいたら別れられる。子供だって育てられる。自分で稼げれば、理不尽な苦労を背負うことはない。

様々な状況があるから、すべての女性に当て嵌めるつもりはないが、お金が心強い味方になってくれるのは確かである。

それでも、人はお金とは別に、心の拠り所を求めてしまう厄介な生き物である。

随分前、ある大物ミュージシャンがこう言っていた。

「お金持ちになって、はじめてお金で買えないものがあることを知った」

お金との付き合いは、ある意味、男との付き合いより手がかかるものである。

そのことも頭に入れておくべきだろう。

第6話　恋に伴うのは情熱、愛が背負うのは忍耐

——長い不倫の末に現実に気づいた43歳

「この間、大学時代の友人から近くに引っ越して来たって連絡を貰って、遊びに行ったんです。卒業してから全然会っていなかったんですが、あの子が結婚して、ふたりの子供のママになって、家庭ってものをしっかり築き上げている姿を目の当たりにしたら、よかったねという気持ちと、何て言ったらいいか、嫉妬みたいなものがこみ上げてきて……。まさかそんな気持ちになるなんて、自分でもびっくりなんですけど」

嘉穂さんは43歳。都内の特許事務所に勤めている。強い結婚願望がないまま、気が付いたら今も独身である。小柄で、一見地味そうだが、よく見ればとても端正な顔立ちで、いい意味で都会ズレしていない感じのいい女性である。

「大学進学と同時に上京して、かれこれ25年になります。東京では一回り上の独身の叔母のマンションで同居することになっていたので、親も安心して送りだしてくれました。大学の授業もそれなりに出席して、サークルにも入って、叔母の会社や飲食店でアルバ

イトして、大学2年の夏には同い年の彼氏も出来て、大学生活はエンジョイしたと思います。氷河期でしたが就職活動も順調で、ビルメンテナンス会社の事務職に内定しました」

順風満帆である。

「おかげさまで。でも、付き合っていた彼とは卒業後にお別れしました」

なぜ？

「実は彼、留年して、内定していた会社に行けなかったんです。それでもしばらく付き合っていたんですけど、社会人と学生ってやっぱり違うんですね。デートしても、共通の話題はないし、行くのは相変わらずの安い居酒屋ばかりだし、お金にしてもいつの間にか私ばかりが払うようになって。でも、それが理由じゃないんです。彼、内定もなかなか決まらないのに呑気に構えてて、就職できなかったら世界を放浪しようか、なんて言い出す始末で、いつまでたっても学生気分のままなんです。そんな彼がだんだん子供っぽく見えて来て、気持ちが離れてしまったんです」

よくある話である。学生から社会人へと環境が変われば人も変わる。金銭感覚をはじめ、責任感の持ち方、時間に対する観念、人との付き合い方、言葉遣いひとつをとってもズレが生じてくる。

もしかしたら彼は、先に社会に出た彼女に対してコンプレックスがあったのかもしれない。だから、わざとちゃらんぽらんな態度をとって、逆の形で対抗してしまったとも考えられる。が、今は彼のことは置いておこう。

仕事はどうだった？

「それが、まったく楽しくなくて……」

あら。

「事務の仕事が性に合ってなかったみたいです。社風が古臭くて、女性はいつまでたっても事務の女の子扱いで、責任ある仕事はさせてもらえない。実際、20年以上働いている女性もいたんですけど、せいぜい女性社員をまとめる主任の肩書が付く程度でした。私はキャリアを積みたいと思っていたから、現実を見てがっかりしました」

彼女が就職した20年ほど前はまだ、いずれ女性は結婚して子供を産んで退職するのだから責任ある仕事は任せられない、という風潮が残っていたのだろう。いや、今もないとは言えない。就職先の事前のリサーチは必要である。

「それと社内の人間関係も良好とはいえませんでした。ほとんどの女性社員は社内恋愛して寿退社するのが目的で、話題といえば誰と誰が付き合っているとか別れたとか、そんな話ばかり。中でも新人教育の担当の先輩女性とは最悪でした。新入社員って、どうしても男性社員からちやほやされるじゃないですか。それが気に食わなかったみたいで、結構いじめられました」

それは災難だった。が、それもよくある話である。

私自身、会社員を30歳までやっていたので、その間、女性新入社員に浮足立つ男たちの様子は毎年のように見て来た。まあ、自分だって若い頃にそうされた経験もあるわけで、翌年になればまた同じことが繰り返されるだけである。慣れている分、殊更腹が立つことはなかったが、女性新入社員の方が図に乗って、先輩女性社員をないがしろにするような態度を見せれば、やはり人の子、意地悪のひとつもしてやりたくなるだろう。

彼女がそうだというつもりはないが、先のことを考えれば、実質的に付き合ってゆくのは先輩女性社員の方である。その辺りは予め踏まえておいたほうが得策である。

それはともかく、仕事にやりがいが感じられなくても、人間関係が良好なら頑張れるが、両方駄目だとやる気が湧いてこないものだ。

「もう、辞めたくて辞めたくて。それで叔母に相談したんです。叔母は独身で、バリバリのキャリアウーマンでしたから、いいアドバイスがもらえるんじゃないかと思って」

何て言われた?

「最初に『まず、会社を辞めて何をしたいのか』と聞かれました。その時は何も考えていなかったので、答えられませんでした。叔母からは、ただ辞めたい、違う仕事をしたい、そんな甘い気持ちでいるなら今の会社を辞めるべきじゃないって言われました。どこに行ったって我慢は必要だし、合わない相手はいるものだって」

的確なアドバイスである。

転職したものの、うまくいかず、結局転職を繰り返すばかりで何も身に付かないまま、キャリアアップどころかキャリアダウンしてしまった人を何人も知っている。

「それで『石の上にも3年』と諺《ことわざ》にもあるように、とにかく3年は我慢して、転職のために準備をしようと決心したんです」

準備というと?

「まず自分がどんな仕事をしたいのかをじっくり考えました。私がやっている事務仕事の中に、権利関係があったんです。土地所有者の権利や、居住者の権利をまとめる仕事です。私はただ書類を作るだけだったんですけど、この先、この分野は結構いけるんじゃないかって思いました。それでいろいろ調べて、知的財産関係の検定を受けて、まず技能士の資格を取り、その分野で経験を重ねていけば、ゆくゆくは弁理士の道もあることがわかりました。それで弁理士に目標を定めることにしたんです」

こうと決めたら計画を立て、それに向かって着々と土台を固めて次のステップへと進んでゆく。とても賢く、堅実な女性である。

「その間は恋愛禁止にして、まずは技能士の資格を取るために必死に勉強しました。おかげさまで2年後に取得することが出来ました」

頑張ったね。転職の方は？

「はい。決めていた通り3年後、著作権や放映権などを扱うライツ事業会社に転職することができました」

言葉にしたら簡単そうに聞こえるが、なかなかできるものではない。その頃、彼女は24歳。遊びたい時だってあったろう、気になる男性だっていたに違いない。それでも流されることなく意志を貫き、目標を達成した。そんな彼女の生真面目さと頑張りに拍手を送りたい。

新天地はどうだった？

「楽しかったです。自分の仕事が顧客の権利を守っていると思うと、すごくやりがいを感じて、充実した日々でした」

仕事は理想通りになったわけだ。

では、そろそろプライベートの話を聞かせてもらおうか。

「実は入社してすぐ気になる人が現れました」

どんな人？

「会社の人です。というか上司です」

上司とはまた。

「私より15歳年上でその時40歳だったんですけど、仕事が出来て、部下からの信頼も厚くて、周りの人に好かれていて、尊敬に値する人でした。実は、一目惚れだったんです。入社して初めてオフィスに行った時、目の前を歩いている男性がいて、『素敵な後ろ姿だなぁ』って。今思えば、あの後ろ姿に一目惚れしてしまったんでしょうね」

恋愛の始まりはさまざまにある。電話の声にときめいたとか、無骨な手に釘付けになったとか。

恋とは、自分の中に眠っていた甘やかな感覚を呼び覚まされることだ。そんな思いを持った自分に驚き、そんな思いを持たせた相手を特別な人だと感じてしまう。が、皮肉な言い方をするようだが、その多くは勘違いである。けれども、恋と言うのは元々、勘違いから始まるものなのだから、それはそれで王道である。

それにしても、計画性のある彼女が一目惚れとは意外である。

恋愛に発展したの？

「いえ、だって上司ですし、相手は結婚して子供もいる人でしたから」

そう既婚者か。

「だから、単なる憧れの相手として胸にしまっていました。その頃、仕事が終わるとよく会社のいろんな部署の人と情報交換を兼ねての食事会があったんです。私も参加していたんですけど、その中でも彼は中心的存在でした。そんな姿も本当に素敵でどんどん惹かれていきました。目は掛けてもらっていたと思います。私も期待に応えようと必死でした。もちろん、自分の気持ちは口にしたことはないし、本当に普通の上司と部下の関係でした」

けれども、そうならないのが人生である。

「2年目に入って、私が初めて1人で任された案件がうまくまとまったんです。彼、すごく喜んでくれて、お祝いの会を2人でしようってことになったんです」

その展開、続きを聞くのが少し躊躇われてしまう。

「彼は食通で、素敵なお店をたくさん知っていて、あの日、一緒に行ったのは渋谷にある洒落た居酒屋さんでした。肩肘はっていない、大人っぽいお店です。彼も私もお酒は強い方なんですが、彼はいつもより呑んでいて、途中から、『あぁ、やばいな』とか『いや、いや』とか、突然口にし始めて、珍しく酔ってしまったみたいでした。それでも、マンションまでタクシーで送ってくれたんですけど、着いたら彼も降りて『ごめん、もう止められない』って、抱きしめられたんです」

彼も同じ気持ちだったのね。

あなたはその時、どう思った？

「どうも何も、ただもう気が動転してしまったというか……。でもそれ以上のことはなくて、彼は帰って行きました。金曜日だったから、週末の間、ずっとドキドキしていました。単に酔っ払っただけ、どうせ彼はもう忘れてるに決まってる、なんていろんなことを考えました。そしたら月曜日に彼から連絡があって、会いたいって言われました。きっと『なかったことにしてくれ』って言い訳されるんだろうなって思っていたんですけど、会ったら、真剣な表情で『好きになってしまった』と告白されて……。それを聞いたとたん、私も今まで抑えていた思いが溢れて、思わず泣いてしまいました。本当に幸せでした」

好きな男に想いを打ち明けられる。恋愛の最高の瞬間である。

よかったね、と言いたいところだが、彼は既婚者。そこはどう考えたのだろう。

「正直言って、その時は何も考えられませんでした。とにかく彼が好きでたまりませんでしたから。彼の奥さんは大学病院に勤務する臨床心理士で、仕事がすごく忙しくて、平日はすれ違いも多いようでした。奥さんというより、子供を育てる同志みたいな感じと言っていました」

そんなのは常套句としか思えないが、彼の言い分を信じたのだろうか。

「その時は信じました。いえ、信じたかったんだと思います」

その時、彼女は26歳。大人ではあるが、やはり若い。若いとは、つまり経験値が少ないということだ。舞い上がってしまった自分への対処法がわからないまま、恋に突っ走ってしまう。けれど、こうも思うのだ。それが恋というものだと。

彼とはどんなふうに会っていたの？

「外でふたりだけで会うのは月に一、二度なんですけど、数人で食事に出掛けることは週に２回ほどありました。私は先に帰り、後から部屋に彼が訪ねて来るっていうパターンです」

社内恋愛はすぐバレそうだけれども。

「彼は社内社外関係なく友人が多いし、いつも誰かを引き連れて飲み回っていたし、時には女性社員と２人で食事をすることもあったので、たとえ私と２人でいる所を見られたとしても、まさか不倫だなんて、誰も想像しなかったと思います」

愚問だけれど、彼との結婚を考えたりは？

「そういうことは考えないようにしていました。最初から既婚者だとわかって付き合ったんですから、それを望んじゃいけないって。それに、そんなことを言って彼が離れて行ってしまう方が怖かった。それでも気軽に携帯に連絡できないとか、週末は会えないとか、どんなに楽しくても明け方には家に帰ってしまうとか、やはり寂しかったです。一緒にいる時、何度か彼に奥さんから電話がかかってきたことがあるんですけど、彼がすごく普通に話しているのを聞いて、その普通さにものすごく傷つきました。もちろん彼にはそんなこと、言ったことはありませんけど」

傍から見れば、どんどん都合のいい女になっているとしか思えないが、その自覚はあったのだろうか。

「いえ、なかったですね。とにかく幸せでしたから。時々、男性からアプローチされることもあったんですが、彼以外の男はまったく目に入りませんでした。人ってこんなに誰かのことを好きになれるんだって怖くなるぐらいです。彼がそばにいてくれるなら、何も望まない、一生ひとりで構わないと思っていました」

恋に伴うのは情熱だが、愛が背負わなければならないのは忍耐である。

理不尽だが、結局、惚れた方が負けなのだ。

「でも、ふたりでいる時はとても大切にしてくれたし、私もそれを実感できていましたから、そんなふうに思ったことはありません。彼に何も不満はありませんでした」

彼の妻にバレそうになったことは？

「彼は海外の仕事も担当していたし、時差の関係で会社に寝泊まりすることもあったので、不規則な生活には奥さんも慣れていたようです。自宅は奥さんの実家の近くで、子供も預かってもらえてたようです。それに週末には必ず家族と過ごしていたし、私から電話を掛けたりもしませんでしたから、疑うことはなかったと思います」

しかし、妻とは気付く生き物である。ましてや、妻は臨床心理士、人間の心にアプローチする職業だ。

「もしかしたら、そうだったのかもしれません。けれど彼も何も言わなかったし、それらしいコンタクトも、たとえば無言電話とかもなかったので、気付かれていないとあの頃の私は思っていました」

困ったことに、自分をいちばん上手く丸め込んでしまうのは自分である。妻には絶対にバレてはいない、と信じることが、〝その時〟の彼女にとって自己防衛手段のひとつだったに違いない。ただ〝その時〟のツケはいつか必ず回って来る。

仕事に支障はなかった？

「順調でした。しばらくして目標の弁理士の資格を取るために専門学校に通い始めたんです。週末は学校と勉強に明け暮れるようになったので、彼に会えなくても寂しいってあまり感じなくなったのはよかったです。30歳になった年の秋に、念願の弁理士の試験に合格しました」

それはおめでとう。

「ありがとうございます。それから1年ほどして、大学時代のゼミのOB会で特許事務所の所長をしている先輩と出会って、事務所に来ないかって誘われたんです」

それは幸運だったね。決めたの？

「やっぱり迷いました。彼との関係が心地よかったし、こうしていられるのも同じ会社に勤めているからって思いもありました。でも、特許の仕事は前々から興味を持っていたし、資格も取ったのでお給料も上がるし、これはチャンスだとわかっていました。それで彼に話してみたんです。反対されるかと思いきや、意外なことに賛成してくれました。『自分の人生なんだから納得できる選択をして欲しい』って。もしかしたら、別れを意味しているのかなって思いました」

確かにそう聞こえないでもない。むしろ個人的には、そうあってくれればという思いもある。転職が先のない恋愛に区切りをつけられるいいきっかけになるはずだ。

「でも、彼は職場が変わったからって自分たちには何の影響もないって。むしろ、上司と部下の関係がなくなって、罪悪感が消えるって」

男にとって、本当の意味で持つべき罪悪感が別のところにあるはずだと思うが、まあ今は目を瞑っておくことにしよう。

「それで私も心が決まって、翌年の年度末に退職して、今の事務所に移りました」

転職したことで、彼との付き合いは変わった？

「何も変わりませんでした。むしろ、前よりよく会うようになったくらいです。ちょうど息子さんが全寮制の高校に進学して、それをきっかけに臨床心理士の奥さんも宿直や休日出勤もするようになって、それで月に一度くらいは週末を一緒に過ごせるようになりました」

意外な展開である。

「本当に私もびっくりでした。今までとは違う付き合いになったらやっぱり楽しいんです。だって短いけれど旅行にも行けるんですから。やっと普通の恋人同士になれたような気がしました」

普通の恋人同士。付き合い始めた時から覚悟していたと彼女は言っていたが、心の奥ではやはり普通を望んでいたわけだ。ただ、彼との付き合いがあなたの我慢によって成り立っていることは変わらないわけで、そこに不満はなかったのだろうか。

「それはないです、私が選んだ恋なんだし」

付き合いは順調に続いたの？

「はい、とても順調でした。彼は出世街道まっしぐらで、55歳の時、役員に昇進しました」

その時点で、すでに関係は15年に及ぶことになる。26歳だった彼女も40歳を過ぎた。結婚や出産のことを考えたりはしなかったのだろうか。

「まったく考えなかったと言えば嘘になります。でもそれよりも、彼を失いたくなかった。呆れられるかもしれませんが、彼と出会ってから、彼以外の男性に心惹かれたことは一度もありません。彼を本当に愛していましたから」

愛。それはすべてを凌駕する美しい言葉だが、実際のところはさまざまな側面を持っている。時に執着が、意地が、女のプライドが、もしくは、こんなに長く付き合ってここで別れてしまったらすべての時間が無駄になってしまう、といった思いはなかっただろうか。愛は一面ではなく、多面体で成り立っている。

少し考え込んでから、彼女は言った。

「考え始めたらきりがありませんから、そういうことは考えないようにしていました。というより、考えないことが身に付いてしまったのかもしれません」

その言葉はちょっと悲しい。

「ただ、彼が役員になってから、少しずつ関係は変わっていきました」

どんなふうに？

「彼は現場から離れて、部下と飲みに行く機会がすっかり減ってしまったんです。それまで彼の周りにはいつもたくさんの人がいて、毎日賑やかに過ごしていました。それが会議ばかりの生活になって、寂しいっていうか、張り合いがなくなったのかもしれません。『次はいつ会える？』って、連絡がしょっちゅう入るようになりました。それまでは私がベタ惚れだったから、それを聞くのはいつも私の方だったんですけどね。その上『もっと早くに出会えていたら』とか、『今からでも人生をやり直せるかな』なんてことも言うようになって。不思議なものですね。立場が逆転し始めたっていうか」

風向きが変わったわけだ。

そんな彼を見てどう思った？

「プライベートでも仕事でも、あんなにかっこよかった彼も、やはり年齢って人を変えるんだなって思いました」

がっかりした？

「いえ、それはなかったですけど」

実際、彼は言葉通り、あなたと人生をやり直すつもりになったのだろうか。つまり妻と別れて、あなたと一緒になると。

「一緒になりたいとは言っていましたけど、その頃、彼のお父さんの病気が発覚して、奥さんの勤める病院に入院したんです。介護のことなんかもあったようで、やはりそれはできないことだとわかっていたと思います」

自分たちも年をとるが、親も老いてゆく。

恋や愛だけでは測れない現実が押し寄せてくる。

「その時はそれがきっかけとは思っていなかったんですけど、今思えば、そうだったのかもしれません。実はその頃、別れを意識することがあったんです」

ぜひ、聞かせて。

「私が付き合い始めた時の彼と同い年の40歳になった時、事務所にあの時の私と同じ26歳の女の子が入って来たんです。その子を見たらあまりに若くて、びっくりしてしまいました。あの頃、自分はもう大人だと思っていましたけど、そうじゃなかったんだなって、ふと思ったんです」

時間は、過ぎてからこそ重みがわかる。

「その時、もういいのかなって。もう十分じゃないかなって気がしました」

愛という多面体の中の、別の面が見えてしまったのね。

「そんな時、何気なくテレビを観ていたら、ワイドショーが芸能人の不倫を取り上げていたんです。その俳優は莫大な金額を慰謝料として請求されていました。もちろん、妻は不倫相手にも慰謝料を請求できることは知っていましたけど、自分には関係ないように思っていました。だって彼の家庭を壊そうなんて全く思っていなかったから。でも、その時、自分も訴えられてもおかしくないってことに気づいたんです。遅すぎますよね」

確かに遅すぎる。彼女は彼の妻にとって、民事的にまごうかたなき加害者である。15年に及ぶ不倫となれば、かなりの慰謝料を請求される可能性がある。

「それだけじゃないんです。テレビの向こうで、その俳優はうなだれて言ってました。失ったのはお金だけじゃない、周りの信頼も、築き上げて来た仕事もすべて失ったって。それを聞いて、居ても立ってもいられない気持ちになりました。弁理士は信用が最も大切な仕事です。万が一バレたら、私もすべてを失うかもしれないって」

現実が迫ったわけだ。

「はい、そういうことです。それで別れを決心しました」

しかし、そこまで長く付き合った彼と、うまく別れられるのだろうか。

「私自身、彼のことを嫌いになったわけじゃないし、彼もすごく引き止めたから、なかなか気持ちの整理もつかなくて。やはりすんなりとはいかず、半年ぐらいは揉めました。15年以上も付き合って来たんですから仕方ないですよね」

男には意地という名の未練が残り、女には愛の残像としての情が残る。

「でも、話し合いを重ねて、最終的にはお互い納得して、お別れすることができました。そのことに後悔はありません。むしろ、いい経験をさせてもらったと彼には感謝しています」

恋愛の価値は別れ方で決まる。着地に失敗すれば、共に過ごして来たすべての時間が台無しになってしまう。

彼が大人の決断を下してくれてよかった。

今、あなたはどんな気持ちでいる？

「まだひとりに慣れないっていうか。今までみたいに彼の存在が常にあって、そのためのスケジュールを組む必要もなくなって、自由だなって思うんですけど、自由って孤独と背中合わせなんですね」

それでいいのである。孤独は、恋の終わりの総仕上げである。

「彼に一生懸命でしたから長かったという感覚はないんですけど、確実に年は取りました。鏡を見ると、私もすっかり老けちゃったなって」

43歳。まだまだ老ける年ではない。平均寿命の半分しか生きていない。

「そうですね、逆算したらまだすごく時間はあるんですよね。これから前を向いて生きて行こうと思います。もちろん新たな恋愛も含めて」

最後、彼女はようやく笑みを浮かべた。

＊

彼女の恋愛を「所詮は不倫でしょ、まるで純愛みたいに語らないで」と切り捨てる人もいるだろう。「女としていちばんいい時期を、そんなおじさんのために無駄にしてももったいない」と残念がる人もいるだろう。「たとえ不倫でも、人生でそこまで愛せる人に出会えたのは素晴らしい経験だと思う」と評する人もいるかもしれない。

何事においても側面があるのである。

同時に、今手にしている幸福も、嘆いている不幸も、ずっと同じ姿ではいられない。いつでも、いくらでも、時に残酷なほど、姿を変えてゆく。

彼女自身、あれほど好きだった男に別れを告げる時が来るなど、想像してもいなかったに違いない。しかし、それはやって来た。

そのきっかけが、立場が逆転したところにあるというのが、何だか妙に切ない。

同時に、彼女は別れの理由を、信用をなくすのが怖かったから、というふうに言っていたが、私にはどうにも綺麗事に聞こえてしまう。

結局のところはこうではないのか。

長い間、すがりついていたのは彼女の方だった。彼のことが好きでどうしても離れられなかった。その関係性がこの恋愛のバランスを保っていた。ところが思いがけず彼の方からすがってくるようになり、そんな彼に今まで感じなかった老いを見たことで、これから先、更に老いてゆく彼の姿というものがリアルに想像できて、別れることを選んだ……。

意地悪な解釈過ぎるだろうか。

ただ、たとえその推測が当たっていたとしても、彼女を責めるつもりはない。どんな恋愛も、別れの理由は様々にあるが、結局はひとつに行き着く。

気持ちが離れた。

それだけである。

そしてこの明快な結論こそ、恋愛のもっとも正しい終わり方でもある。

だから、これでよかったのだと彼女には言いたい。

が、その前に、ちょっと彼の妻側の立場にも立ってみる必要がある。

世の中の妻たちは、彼女のような女、つまり面倒なところは妻に押し付けて、恋愛という美味しいところだけ味わう女を嫌悪するはずだ。妻側になってみればもっともな話である。

夫が格好良くいられるのは、妻が身の回りを整えているからであり、外でバリバリ働けるのも、子育てや家事など生活の多くを妻が担っていたからである。

彼の妻は、本当に夫の長年の不倫に気づかなかったのだろうか。気づかなかったのなら、それに越したことはないが、ふとこうも考えてしまう。

妻もその時を待っていたのではないか。夫が恋人に去られた時、自分も夫から去る。もしくは、夫が定年を迎えたら、何もかも清算し離婚する。つまりそこで立場を逆転させることができるのである。夫にとっては、もっとも恐ろしい結末だろう。

もっと言えば、恋人であった彼女に対しても、何らかの報復を考えているかもしれない。

今の彼女は、彼と別れて落とし前をつけたと思っているかもしれないが、妻にしたらこれからが始まりなのである。

そうなった時、

「あんな恋愛をした私は何て馬鹿だったのだろう」

と、唇を嚙むか、

「あの恋愛があったからこそ今の自分がある」

と、納得できるか。

この恋の本当の意味を知るのは、きっとこれからだ。

第7話　彼女を救ったのは自分の城だった
——男を信じられなくなった36歳

「私、ひとりでいいんです。ひとりがいいんです」

開口一番、由美さんは言った。

大手通販会社に勤務する36歳、独身である。

ひとりがいいとは、つまり恋愛も結婚も必要ないということだろうか。

「自分でも意外でしたけど。ひとり暮らしが性に合っているみたいです。時々、ひとりなんて寂しくない？　と言われることもありますけど、今の生活に満足しているので問題はありません」

以前からそうだったの？

「いえ、若い頃は彼氏もいたし、30歳の時は結婚しようとも思ったんですけど、結局、自分にはこのスタイルが合っていることがわかりました」

今や、恋愛や結婚をしなければ幸福になれない、なんて考えを持つ人などいない。

何をどう選択しようと、本人がいいならそれでいい。

「実家の両親も前は結婚しろとうるさかったのですが、兄が結婚していて、子どももふたりいるので、最近はそこまで私の結婚を熱望していないので助かっています」

確かに孫がいれば、親の圧も少なくなるだろう。

「何より、今住んでいるところがすごく気に入っているんです。60平米の2LDKで、購入した時、築年数は10年くらいだったんですけど、会社にも近いし買い物も便利で、日当たりもいいし、意外と静かだし、自分の好きなインテリアを揃えて、好きなものだけを置いて。まさに自分の城なんです」

購入したのはいつ？

「31歳の時です。ローンはまだ25年近く残ってますけど、消えてなくなる家賃を払うよりお得だし、ひとり暮らしには十分な広さなので、終の棲家と考えています。長く快適に暮らしたいので、半年に1回は清掃業者にクリーニングやメンテナンスをしてもらっています」

それならひとり暮らしも快適だろう。

それにしても31歳で不動産購入とはなかなかの決断である。

何がきっかけで決めたのだろう。

「婚約破棄ですね」

さらりと言われて驚いた。

「もう7年も前の話になるんですけど」

そこのところ、詳しく聞かせてもらっていい？

「今となってみれば、取るに足らない話です。婚約していた彼とは同い年で、学生時代から10年近く付き合っていました。前々から30歳になったら結婚しようって約束していたんです。正式に婚約したのは29歳の時で、結納を交わして、式の日取りは私の30歳の誕生日になりました。彼がそうしようって言ってくれたんです。それなら絶対に忘れないし、喜びも倍になるからって。まあ、その時は嬉しかったですね。それで式場を決めて、新婚旅行を予約して新居の手付金も払って、着々と準備を進めていたんですけど……式の5か月前に破棄を告げられました」

理由は？

「早い話、彼に好きな女ができたんです」

よくある話といえばそうかもしれないが、衝撃は計り知れない。

相手の女性はどういう人？

「彼の会社の後輩です。入社2年目の23歳。新入社員の時に彼が指導係になって、それで急接近したようです」

彼女はさばさばと答えているが、聞く方は戸惑ってしまう。

浮気していたということ？

「私もそれを疑ったんですけど、そうじゃないと言われました。彼から聞いた話では、彼の婚約を知って、彼女から告白されたそうです」

つまり、相手の女はあなたという婚約者がいることを知って告白した。

「むしろ、婚約を知ったから、今ここで気持ちを伝えないときっと後悔すると思ったそうです。どうやら彼女は入社した時から彼が気になっていたようで、指導されているうちに好きになって、でもどう伝えればいいのか悩んでいるうちに、彼が婚約したと知って、居ても立ってもいられなくなったとのことでした」

若い彼女の情熱だろう。

それにしても、彼はあなたと婚約していながら、なぜ受け入れたのだろう。

「最初は断ったそうです。でも、次第に彼女の一途な思いにほだされてしまったようです。こんなに自分のことを好きでいてくれるのかって、感激したんですって。確かに私たちは付き合いが長いから、もうときめきとかワクワク感とかはなくなっていて、そんな時、若い彼女に泣きながら思いを告げられて、一気に気持ちが彼女に向いてしまったんですね」

泣きながらの告白。ちょっと女の策を感じないでもない。

とはいえ、今まで積み重ねて来たあなたとの信頼関係や、大人としての責任を、彼はどう考えていたのだろう。

「ひたすら謝られました。悪いのは自分で君には本当に申し訳ないと思っている。けれど、あの子には僕しかいないんだ、あの子を守ってあげたいんだって……。私が思っていたよりずっと、彼はロマンチストだったようですね。どんな条件でも呑むから婚約解消に同意して欲しいって言われて」

あなたはそれで納得したの？

「そう簡単にはいきませんでした。私も泣いたし、すがったし、とにかく必死に彼を説得しました。彼のことを愛していたのはもちろんですが、結婚はもう会社にも友人たちにも公表していたから、今更白紙に戻ったなんてどう説明すればいいのかわからなかったし、恥ずかしさもありました。だから双方の家族を巻き込んでの大騒動になったんです。彼の両親もとても怒っていて、そんな無責任なことはさせない、必ず彼女と別れさせると言ってくれたんです。でも、彼の気持ちは変わりませんでした」

難しい状況ね。

「そのうち、あちらの両親の態度が変わっていったんです。親としてはやっぱり息子が可愛いんでしょうね。こんな情けない息子なんか捨ててもらって構わない、なんて言い出して、それからは、もしかしたら相性がよくなかったんじゃないか、強引に押し進めてもいい結果に繋がらない、なんて言われるようになりました。彼から何か聞かされたのかもしれません」

何かっていうと？

「想像ですけど、付き合っている間には喧嘩もあったわけですし、たとえばそんな時の私のことを、実はとても性格がきついところがあるとか、結婚しても家庭より仕事を優先するタイプだとか。共働きは最初から決めていたことなのに、両親を味方に付けるために話を都合よく変えたんじゃないかって、両親の言葉のニュアンスからそんな気がしました。身内には何とでも言えますすよね」

彼としても自己保身に走ったのかもしれない。

「2か月ほど揉めたんですけど、もう何を言っても彼は戻らないんだって、諦めるしかありませんでした。破棄が決まったのは、式まで3か月を切った頃でした」

大変だったね。

「式場や新婚旅行、新居の契約、家具や電化製品のキャンセル等の費用は、全部彼が持つことになりました。私は指輪を返しました。結納金は戻す必要はないと言われたのでそのまま受け取りました。金額は100万円です」

慰謝料の代わりということ？

「その時は迷惑料として受け取って欲しいと言われました」

なるほど。

「私は私で会社に報告しなくちゃいけないし、結婚を伝えた友人や親戚にも連絡をしなくちゃいけないし、ショックを抱えたままそれをやらなくちゃならなかったから、精神的にも肉体的にも辛かったですね」

さぞかし心身を消耗したことだろう。

「いちばん辛かったのは、予定していた結婚式の日を迎えた時でした。私の30歳の誕生日でもあったから、その日は消えてなくなりたい、死にたいとまで思いましたね。これから毎年誕生日が来るたびに、このことを思い出さなければならないんだって思うと、更に落ち込んでしまって」

そうね……。

「だからって、周りから腫れ物に触るような対応をされるのがいやだったから、表面上は元気を装っていました。家族も友人も会社の人たちも『思ったより早く立ち直ってよかった』って言ってましたけど、でも実際は、眠れないし食欲はないし、もういっぱいいっぱいの状況でした。ひとりになると何も手につかなくて、何時間もボーっとしてしまって、で、涙が止まらなくなって……。どうやらメンタルをやられてしまったようで、最終的に心療内科に通い始めました」

ダメージが深いのは当然だと思う。でも、それを顔には出せない、人には言えない、いや言いたくない、そういう状況がますます彼女を追い込んでいったに違いない。

うんと若い頃だが、私もそんな経験をした。失恋ぐらい、と誰もが言った。平気平気と、私もそれに合わせていた。けれど実際は追い詰められていた。心が張り裂ける、とはこういうことなのだと初めて知った。今となれば「そんなこともあった」と冷静に思い返せるが、さすがに笑い話にできるまでにはそれなりの時間がかかった。

「その頃は、彼が交通事故にでも遭って死ねばいいのにって思っていました。私自身も、あのビルから飛び降りたら楽になれるんだろうなって、そんな衝動にかられたりもしました。でも親より先に死ぬのはさすがに親不孝だから、何とか思いとどまりました」

聞いているのも辛くなる。

「そんな状況が1年ほど続いて……薬もやめられないし、もう何て言うか、すべてがボロボロでした。中でもいちばん辛かったのは、期待を捨てられなかったことです」

期待というと？

「あの時は、年下の女の子に告白されて彼もつい舞い上がってしまったけれど、時間が経って冷静になれば『自分が間違っていた』と後悔しているんじゃないかって。いつか『やっぱり君しかいない、やり直して欲しい』と、頭を下げて来るんじゃないかって」

ああ……。

「でもその後、ふたりが身内だけの小さな式を挙げることになったという話を聞きました。彼とは共通の友人も多いから、そういうこと、どうしても耳に入って来るんですよね」

　それはさぞかしきつかったろう。

「その上、彼が友人や周りの人に対して『結婚前に考え方の相違があったから、お互い納得して別れた』って言っていることも知りました。だから破棄ではなくて解消だって。彼のせいで、私がまだこんな辛い思いをしているのに、あちらはすべて決着がついたと安心して、彼女と新しい人生を歩き始めようとしている。それはあまりに不公平じゃないですか」

　その時、あなたの中でどんな感情が頭をもたげた？　悲しみ？　憎しみ？

　少し考えて彼女は言った。

「敢えて言うなら怒りです。すごくすごく腹が立ちました」

　まあ、考え方によってはそれは後ろ向きから前向きに変わった瞬間とも考えられる。

「責任はあっちにあるのに、そんな都合よく終わらせてたまるもんかって思いました。それで考えた末、改めて慰謝料を請求することにしたんです。時間も経っているし、結納金も迷惑料として受け取っているから、可能かどうか、とりあえず無料法律相談に行って事情を話しました。そうしたら弁護士から『迷惑料として受け取ったお金は慰謝料とは違う。慰謝料は3年まで請求できる、債務不履行であれば10年までできる』と言われました。それでその弁護士に正式に依頼したんです」

どんな形であれ、自ら行動を起こすのは、何も出来ないでいるよりかは前進である。

「請求金額は彼に150万、彼女に100万、計250万にしました。弁護士からは『満額を受け取るのは無理かもしれないけれど、請求は権利なのだから、まずその金額から始めましょう』と言われました」

戦いが始まったわけだ。

「でも葛藤はあったんですよ。お金で解決するのは正しい方法なのかって。結局はお金なのか、何てがめつい女なんだと、彼だけじゃなく、周りからも軽蔑されるんじゃないかって。でも、それしか方法が浮かばなかったんです」

賛否両論あるかもしれないが、慰謝料請求に関して私は賛成する。弁護士が言ったように、それは権利である。

結納を交わした時点で、彼とひとつの契約を結んだ。それを彼の一方的な都合で破棄された。だから、それに対して違約金が払われるのは当然のことだ。

それだけじゃない。彼の裏切りを、気持ちの問題として捉えている限り、どこで区切りを付ければいいかわからなくなる。未練や執着、傷つけられた自尊心は想像以上に手強いものだ。だからお金というもっとも現実的な対処法を選ぶことで、形のない感情に白黒はっきり決着を付けることができることもある。

そしてその時、婚約破棄されて傷ついたという受け身の自分から、きちんと相手に落とし前を付けさせた、という自分主体に変われるのだと思う。色々言う人はいるかもしれないが、そんなのは言わせておけばいい。

「ええ、そのつもりで話を進めました。こだわったのは、日にちです」

日にちというと？

「彼の誕生日に内容証明が届くようにしたんです。私がこれから毎年、自分の誕生日を辛い思いで迎えるのと同じことを、彼にも味わわせてやりたかったから」

こう言ってはなんだけれど、なかなかのところに目を付けたね。

で、結果は？

「すべて弁護士を通してのやり取りだったんですけど、最初はやはり『すでに迷惑料を払っている』と拒否されました。けれども弁護士の交渉に、あちらもこれ以上揉めて、裁判に持ち込まれたりして体面を損ねたくない、と思ったんでしょうね。結局、彼からは100万円、彼女からは50万円を受け取ることになりました」

どんな気分だった？

「そうですね……。すっきりした、というのとはちょっと違ってましたね。実際、お金を振り込まれても、そんなに嬉しくはなかったです。ただ、この件で、彼ももう私を憎んでいるだろうし、私も、もしかしたらなんて、根拠のない思い込みをきっぱり捨てることができたので、それでよかったと思っています」

立ち直れたということ？

「それは自分でもよくわかりません。彼がそのことを友人たちに愚痴っているらしいって耳に入って来て、みんなは私のことどう思ってるんだろうって気になりました」

たぶんこの件について、互いに一切口にしないという約束も交わされていると思う。だがもし彼が、友人たちに彼女の名誉を傷つけるようなこと、たとえば「お金をぶんどられた」とか「あんなに金に執着する女とは思わなかった」などと言い回っているようなら、名誉棄損に値して、更に慰謝料を請求する可能性があることを伝えてよいと思う。彼女もまた友人たちに「彼が慰謝料を支払ったということがすべてを物語っている」ぐらいの反論をしてもいいはずだ。それくらいのことは約束違反には当たらないはずである。とにかく、受けて立つという気持ちを強く持った方がいい。

「そうですね、強くなりたいと私も思いました。そのためにも環境を変えたいというのがあって、迷惑料と慰謝料と、結婚のために貯めていた自分の預金と合わせて500万近くが手元に残って、それに親から200万ほど援助してもらって、それを頭金に思い切ってマンションを購入したんです」

なるほど、そういう経緯だったのね。

そうして手に入れた自分の城は、あなたの何を変えた？

「私はずっと、結婚してからが人生の本番だと考えていました。でも彼に裏切られて、もうそれはないと諦めてたんです。それが自分の城を手に入れた時、予想外でしたけど、似た気持ちになったんです。これで生活の基盤が出来たと思えて、すごく気持ちが安定したんですね。仕事への意識も変わりました。以前より、地に足が着いた取り組み方が出来るようになりました。最近、新たな資格を取ろうと色々勉強も始めているんですよ」

あれから数年が過ぎたわけだけど、今の心境はどう？

改めて恋愛や結婚を考えることはある？

「今のところはないですね。また誰かと出会って『こんにちは』から始めて、お互いの性格を探り合って、キスしてセックスして、将来のことを考えたり、家族に引き合わせたり、家事分担とか、子供の教育とかを擦り合わせて結婚に持ち込む、というのを想像しただけで、すごく面倒くさいなって思ってしまいます」

確かに恋愛は面倒くさいものだ。結婚となれば尚更だろう。彼女の中に、それを受け止めるだけのエネルギーが戻って来るまで、じっくり待てばいいと思う。

「正直に言うと、もう男の人を信用できない気持ちもあるんです。あんなに好き合って、正式に結婚の約束までしたのに、こんなにもあっさり心は変わるんだってわかりましたから」

恋愛は、時に人生を覆してしまうほど深い傷跡を残す。

「今は自分の城で、ひとり穏やかな気持ちで暮らせることが何よりの幸せです」

そう言って、彼女が向けた笑顔はまだ少しぎこちなさもあったが、心の底から笑える日もそう遠くないと信じたい。

＊

すべての男が彼のようになるわけじゃない。

そんなことは彼女もわかっているに違いない。

きっとあなたにふさわしい人がいる。

それも承知の上だろう。

それだけ彼女の受けた傷は深かった。恋愛は諸刃の剣である。守ってくれる時もあれば、深く傷つけられることもある。ましてや彼女は結婚寸前までいっていたのだから、立ち直るまでに時間がかかるのは当然だろう。

彼女が前を向くために、慰謝料を請求したことは勇気ある決断だったと思う。同時に、自分の城を手に入れたことも良策だった。話を聞いて、それが確かに彼女の背を押してくれているのを感じた。

うんと昔の話になるが、私も彼女と同じ年の頃にマンションを購入した。一大決心だった。恋愛や結婚がらみではなく、そもそもまったく男っ気がなかった。少女小説の仕事を始めたばかりで、住んでいたアパートに籠り、ひたすら原稿に向かうという生活を送っていた。

仕事は楽しかったが、時折、私は一生こんなふうに暮らしていくのだろうかと考えて、いたたまれない思いにかられた。

購入の動機は彼女と同じである。居心地のいい、自分の城が欲しいと思ったのだ。10年のOL生活で貯めた預金を頭金とした。それはずっと結婚資金にするつもりだったが、当てのない予定のために取っておくなんて、何て馬鹿げているんだろうと気づいたのだ。

それは正解だったと今も思っている。実際は2年ほどで上京することになり、東京のアパートでまたひとり暮らしをするようになったのだが、その時も「たとえ仕事に失敗しても私には帰る家がある」という思いが安心感を与えてくれた。逆に、自分の城があったからこそ、上京の決心がついたのだと思う。

今回、彼女の話を聞いてつくづく思った。

恋愛は楽しいことばかりじゃない。傷つくことはたくさんある。好きだからこそ痛手は深い。恋愛は、最高の幸福をもたらすこともあれば、不幸のどん底に突き落とすこともある。

とはいえ、恋愛そのものを見限り、背を向けてしまうのは寂し過ぎる。

こんなことで、人生を決めつけてしまう必要はない。

彼女にはこう言いたい。

恋愛は、成功と失敗があるんじゃない。成功と教訓があるだけだ。
彼女のこれからを応援したい。

第8話　「女としてこうあるべき」がはらむ危うさ
――夫の浮気癖にも筋を通す元ヤン妻44歳

「1か月前に、左足のくるぶしを剥離骨折しちゃって」

彼女は肩をすくめながら言った。

それは大変だったね。

「剥離骨折って、ご存知ですか？　骨が剝がれちゃったらしいんです。酔っぱらって、電信柱を蹴ったのが原因です。さほど痛みはないし、サポーターで固定してるだけなんですけど、骨折なんて初めてだし、やっぱり年をとったのかなぁってショックでした。それに仕事に支障が……。あ、私は今、スポーツジムのインストラクターをやってるんですけど、レッスンできないじゃないですか。だからいまは受付業務ばかりで身体を動かせないので、超、ストレスたまってるんです。身体、なまっちゃうし」

44歳の直子さんは、待ち合わせの居酒屋にやってくるなり生ビールを飲みながらそう言った。お子さんが4人いて、上から25歳男、22歳男、15歳女、10歳女。第1子出産は

19歳である。

「私は北関東の地方都市に住んでるんですけど、地元は遊ぶところはないし、東京に行くにはちょっと遠いという中途半端な場所なんです。だからというわけじゃないですけど、高校の時にちょっとやんちゃしたっていうか……レディースやってて、何度か停学処分にもなりました」

つまり、あなたは――。

「はい、元ヤンです。あの頃は、髪は金髪、化粧もばっちり、まあかなりのヤンキーでしたね。何度か家出もしたりして、親を泣かせました」

言われてみれば、ヘアスタイルやメイク、ファッション、言い回しにそれらしき名残がある。

「何とか高校は卒業できたんですけど、就職先で性格悪いお局とぶつかって、大喧嘩になって、3か月で辞めてしまいました。しばらくブラブラしてたんですけど、お金もないから、スポーツジムでバイトをすることにしたんです。元々運動神経はいい方なんですよ。やってみたらやっぱり性に合ってたみたいで、すごく楽しくて、バイトしながらフィットネスインストラクターを目指そうと決めました」

1人目のお子さんを19歳で産んだってことは、結婚も？

「はい、19の時です。いわゆる出来ちゃった婚です。旦那とは同じ高校で、ずっと一緒に遊んでいたんですけど、高3になった時から付き合い始めて」

つまり彼もヤンキー？

「まあ、そうですね。結構イケメンだし、優しくて、男からも女からも人気があったんですよ」

ちなみに、初めておつきあいした人？

「まさか、それはないですよ。地元のヤンキーなんて、みんなとっかえひっかえ付き合ってましたから。ほら、ビバリーヒルズ高校白書みたいに。でも、付き合っている時は、その人だけです。絶対に浮気なんてしません」

そこは律儀なんだ。

「当然です。ただ結婚した時、旦那はまだ大学生だったんですよ。大学って言っても、名前を聞いても誰も知らないような地元の大学ですけどね。彼の実家が土建屋をやってるんですけど、お義父さんに学歴がないから、どうしても大学を出て欲しいって言われたんです。でも、ほら出来ちゃったんで、結婚することになりました」

反対はなかった？

「別になかったですね。付き合い始めた頃から、よく旦那の家にも遊びに行ってたし、義理の両親とも仲が良かったから、まあこうなったら仕方ないってことで」

あなたのご両親は？

「ああ、それは勘当されました」

え、勘当とはまた。

「私、兄2人の3人きょうだいの末っ子なんですけど、お兄ちゃんたちは真面目で頭もよくて、東京のそれなりの大学に進学して、いい会社に就職したんですよね。親にしたら、ヤンキーになって、何度も停学処分になるわ、しょっちゅう家出はするわ、就職しても3か月で辞めるわ、挙句の果てに19歳で出来ちゃった婚ですから、まあ、当然ですよね」

もう自分たちの手には負えないと思ったのかもしれない。が、逆に考えれば、これで落ち着いてくれるとホッとしたのではないかとも思う。私自身は子供がいないので、その辺りはよくわからないが、結婚前の妊娠など、もうその頃ならさほど珍しいことではないはずだ。何も勘当までしなくても、と思ってしまう。

でも、夫が学生だなんて、どうやって生活していたのだろう。

「妊娠したのでいったんスポーツジムの仕事は中断するしかなくて。それで、ふたりで旦那の実家に住まわせてもらいました。私はそこで家事や事務の手伝いをしてたんですけど、早い話、寄生ですね。今でも、そのことにすごく恩を感じています」

収入がないにもかかわらず、とりあえず食うにも住むにも困らなかったのだから、恵まれた環境と言える。

それからは？

「旦那が大学を卒業して、実家の土建屋で働くようになって、私はスポーツジムの仕事に戻りました。何とかインストラクターの資格は取ったんですけど、またすぐ妊娠して、再びお休みです。その2番目の子を妊娠している時、中古一軒家を買ったんです」

展開が早い。まだ20代の若さで一軒家購入とは、前回に続き大胆な選択だ。

「田舎の30年の中古ですから、そんなに高いわけじゃないんです。35年のローンを組みました。それだとアパートの家賃払うのと大して変わらなかったし、リフォームは旦那とお義父さんがしてくれたからタダみたいなものだし、買ってよかったと思っています。彼の仕事場の土建屋も、私が今勤めているスポーツジムも徒歩圏内ですし、私の実家にも近くなったし、みんなで仲良く生活しています」

ご両親と和解したのね。

「兄たちはふたりとも、東京で結婚して、もう地元に戻る気がないとわかったんです。だったら私が面倒みるしかないじゃないですか。近くに住むよって言ったら、思ってた以上に喜んでくれました」

勘当されたことに対するわだかまりは。

「別になかったですね。だって、それだけのこと、私、しでかして来ましたから。今思っても、ほんと親を泣かせました。まあ、私が能天気と言うか、あんまり後ろを振り返らないっていう性格もあるんでしょうけど」

これまで夫婦、親子、舅姑、親戚、きょうだい、友人、ママ友、隣近所などの関係性に悩み、複雑な心情を吐露する女性を多く見て来ただけに、そのポジティブな心の在り方にちょっと感動する。

「子供の手が少し離れたかなぁって思ったら、また妊娠、出産でしょ。互いの実家が近いから、いつも誰かしらが子供を預かってくれるので助かりました。こうしてインストラクターの仕事を続けていられるのも両方の両親のおかげです。ほんと感謝しています。

でもその分、お誕生日や父の日、母の日、お盆、クリスマス、年末年始というイベントは手を抜きません。それがせめてもの恩返しですから。それとは別に月に一度か二度はみんなでうちに集まって、パーティやバーベキューをやるんですよ。子供たちも大喜びだし」

家庭円満、悩みもストレスもないようで何よりである。

「それが、ひとつだけあるんです」

それはぜひ聞きたい。

「実は旦那の浮気癖が治らなくて……」

あらら。

「最初の浮気は、長男の妊娠中でした。相手は同じ大学の女の子。旦那は結婚してることを隠していたし、相手だって、まさか19歳で所帯持ちなんて思うわけないじゃないですか。半年ぐらいこっそり付き合ってたんですよ。でも元々危機管理のできない人だから、すぐにボロが出ました。相手の子にしても騙されたみたいなものだし、それを言ったら旦那は『だって結婚しているのかとは聞かれなかったから』って言い訳したんですよ。まったく腹が立つったらありゃしない」

時々、この手の言い訳を使う人間がいるが、これは詐欺と同レベルである。明らかに確信犯だ。

「ほんとですよね。私、張り倒してやりましたよ。こう言っちゃなんですけど、私、怒ったらヤンキーに戻っちゃうんで、すごく怖いんです。旦那もよくわかってるから、びびりまくって土下座して、もう二度と浮気はしないって誓いました。それで、相手の女の子にも夫婦揃って頭を下げに行きました」

夫婦揃って、というところがいかにも彼女らしい。

女の子の反応は？

「ただただびっくりしてましたね。私も土下座して『この馬鹿を好きなだけ殴ってやってください』って言ったら『いや、もう、いいです』って引いてました。私、勉強はからっきしだけど、人としての道理はわきまえてるつもりなんです。曲がったことは大嫌いだし、筋は通さないとならない」

漢気《おとこぎ》がある？

「ああ、女のわりには漢気はある方かもしれません。上下関係とか、礼儀とか、弱い立場の子供とか年寄りとか、大切なものはちゃんと守らないとならないって気持ちが強いですから」

でも、懲りることなく、夫の浮気は続いた。

「そうなんです。もう、今まで何人の女と浮気したか……。町でナンパした子に、スナックの子、飲み屋で知り合った子、女子大生からＯＬ、ホステス、店のママさん、今でも風俗はしょっちゅう通ってるし」

元々性的欲求が強く、それなりに金銭的余裕があり、浮気に対する罪悪感が薄く、女性と浮かれている状況に酔いやすい、という男の浮気癖は一生治らないと聞く。

男の言い分はこんな感じだろうか。

男には子孫繁栄本能がＤＮＡに組み込まれている。

浮気はあくまで遊びであって本気ではないから問題ない。

浮気しているからこそ妻（もしくは恋人、パートナー）に優しくできる。家庭円満の秘訣でもある。

恋をしていないと仕事に張り合いがない、やる気になるために浮気は必要。

女が寄って来る。モテるのだからしょうがない。

が、もし女が同じことを言って浮気したとしたら、男は決して受け入れないだろう。

「ほんと、見境ないんです。そのたびに大喧嘩になって、旦那が土下座して謝るっていうのを今も繰り返しています」

別れようと思ったことは？

「ああ、それはありません」

なぜ？

「だって、所詮、浮気ですから。そりゃあ腹は立ちますけど、よその女と付き合ったからって、そんなことくらいで別れるなんて考えたこともありません。だいたい、旦那がよその女に目が行くってことは、私の責任もあると思うし」

いや、ないと思う。その考え方はまさに男の思う壺である。

もしかしたら、自分のせいにすることで、傷つくのを少しでも緩和したいという思いがあるのだろうか。DVを受けている女性が「私が悪い」と思うことで、自分を納得させようとする心理に似ているような気もするが。

「でも、毎回ちゃんと謝ってくれるから、それを信じたくなるんです」

でも、繰り返している。

「友達の中には別れた方がいいって言う人もいますけど、でも、別れてしまったら、今度は逆に相手の女の思う壺になるわけだし、負けみたいな気になっちゃうんですよね」

こう言っては何だが、たぶん相手の女たちも、彼女の夫を奪いたいと思っているわけではないだろう。早い話、夫も遊ばれている立場なのだ。妻として、自分の夫が、他の女にいいように扱われていることに対しての腹立たしさはないのだろうか。

「それは、馬鹿だなぁって思いますけど、真剣じゃないならいいです」

じゃあ相手の女が本気になって、別れてくれって乗り込んで来たら？

「もちろん受けて立ちます。私と対等に戦う気があるなら、かかって来いって感じですね。それ、旦那もよくわかってるから、バレたら即相手と別れるんでしょうね」

しつこく聞いてしまうけれど、そんな夫に生理的嫌悪を感じたりはしないの？

「生理的嫌悪ですか……」

浮気相手とあんなこともこんなこともした手で自分や子供たちに触らないで、とか。

「そこまではないですね。旦那とは今も週に1、2回はしてますし。だって、私が惚れた男ですから。なんだかんだあっても、旦那のこと、今も愛しているし」

たぶん、夫は可愛げのある男なのだろう。困ったことに、そんな男はいるものである。

むしろ、常に夫に他の女の影があることで、恋愛的な感情を維持できているのかもしれない。

聞いているうちに、何やらすごくいい話になってゆくのが不思議である。

「結婚して、この人と添い遂げようと決めた以上、最後まで筋を通したいんです。女の道は一本道。一度決めたら、その道を邁進して、走り続ける。それならば、耐えるべきことは耐え、ひたすら愛し抜く」

まるで任俠の世界のよう。

「ああそうですね。その世界、私、大好きですから」

とはいえ、それはある意味、女が自立する術を持たず、男に従うしかなかった大昔の話のようにも聞こえる。

繰り返される浮気を許し続ける彼女は強いのか、それとも弱いのか。

「時々、芸能人の浮気騒動の記事が出るじゃないですか。そういう時、2種類あるでしょう。浮気されたら即切り捨てて離婚するタイプと、決して見捨てずに再構築を選ぶタイプ」

確かに思い浮かぶ顔がいくつかある。

「見捨てない女は、基本、ヤンキー体質だと思ってください。ヤンキーは情が深いんです」

聞くけれど、あなたは浮気をしたことはないの？

「私ですか、もちろん、ないです」

本当に？

「もし、あくまで、もし、の話ですけど、浮気したとしても、絶対にバレないようにします。たとえバレたとしても絶対に認めません。嘘をつくなら最後までつき通さなきゃ」

それが彼女の言う筋の通し方らしい。つまり、悪いのは浮気そのものではなく、バレてしまうこと。ならば、彼女と夫は似た者同士とも言える。

そうそう、どうして剝離骨折するほど電信柱を蹴ったのかを聞きそびれていた。

「実は旦那がまた浮気したんです。地元のキャバ嬢に手を出して」

ああ、そういうこと。

「週に何度も同伴とアフターするわ、その上朝帰りとなれば、気付きますよね。領収書からキャバクラ特定して、奴が遊んでいるときに乗り込みました。やっぱり土下座で謝られて。帰り路、なんでこいつ、こんなことを繰り返すんだろうって思ったらイライラしてきて、思わず電信柱を……。まったく懲りずに浮気する旦那には呆れるしかありません。だから、もちろんペナルティは課します。今回は1か月、毎日夕食を作って下の子たちと一緒に食べる（笑）。毎日だと外出できませんから」

そのペナルティは軽いようにも感じるけれど。

「1番下の子は、10歳ですが、それでもあと8年もすれば成人ですよね。その子が独立したら、私は心の中にぽっかりと穴があいちゃうんじゃないかなって思うんです。まぁ、そうなったらそうなったで、旦那ともう一度、2人だけの生活を楽しむつもりです。また浮気されたら、いやだけど」

彼女の中に、別れる選択は微塵もないらしい。

「女にはだらしないけど、それ以外はとっても優しくて楽しい人なんです。子供もすごく大切にしてくれます。私、家族が本当に大切なんです。特に子供たち、あの子たちが私を真人間にしてくれました。上の2人は大学卒業して、今は建設会社に勤めています。まずは他の会社で修業して、時期がきたら旦那の会社に入るって約束してくれていて、こんなにありがたいことはありません。長男は結婚もしましたし、一安心です。下の2人は女の子だから、旦那が溺愛しています。思いがけなく4人も産むことができて、本当に幸せです」

彼女の恋の話を聞くつもりが、夫へのたゆまぬ愛を聞かされる羽目になった。

これがヤンキー魂というものだろうか。

＊

夫の浮気や不倫で悩む女性が多い中、彼女の在り方を理解するのは難しいところではあるが、家庭は円満、両親・義両親との関係も上手くいき、互いの仕事も順調というなら、めでたい話である。

それでも、意地悪な私はふと考えてしまう。

先にも書いたが、浮気癖は一生治らないと聞く。今はまだ我慢で押し留めていられるかもしれないが、もし50になっても60になっても、女の尻を追い続ける夫を見て、今のような心情でいられるだろうか。

数ある浮気を許された夫は、すでに浮気はなかったことになっているはず。しかし彼女は、発言の中にもあったように、すべて覚えている。

いつ、どこで、どんな女と浮気したか。許しはしたが、忘れたわけではない。怒りや不信感は心の奥底に澱となって淀んでいる。そんな時、夫が何気なく、たとえば「俺たちっていい夫婦だよな」などと不用意に口にしようものなら、抑え込んでいた感情が一気に爆発してしまうかもしれない。

誰のおかげだと思ってるんだ！

更に「大切な家族を守るためなら何でもする漢気のある女」「夫の度重なる浮気も受け止める太っ腹な妻」と自分に言い聞かして来た彼女自身、ただ自分に思い込ませていただけではなかったかと気づく時が来るかもしれない。

惚れた男に尽くしたい、と、惚れた男には尽くすもの、の差は些細なようで実は大きい。

これは彼女だけに言えることではなく、今も「女とは、妻とは、こうあるべき」という縛りから逃れられない女性がいるのも確かなのである。

そしてもうひとつ、そんな両親の姿を見て、子供たちは何を思うようになるだろう。

息子たちは「男は浮気して当たり前、妻は許して当たり前」そんな感覚に陥り、妻をないがしろに扱うことを平気でする夫にならないだろうか。逆に娘たちは、大人になって自分なりの分別を持つようになった時、「男の浮気は許すもの、それが妻としての役目」として来た母親に失望したりしないだろうか。

彼女の生き方は、彼女ひとりのものじゃない。子供たちにも大きな影響を及ぼすことにもなる。

女と男の間には、長くて深い川が流れている。

「女はこうあるべき」と、自分にかけた呪文から解き放たれた時、彼女はどこに行き着くのだろう。

第9話　始まりはふたりの意志、終わりは片方の意志
——何不自由ないのにPTA不倫におちた51歳

彼女は入ってきたときから、少し挙動不審だった。

「すみません。興信所に見張られているかもしれないんです」

興信所？　いきなり不穏な状況である。

愛美さん、51歳。既婚者で、中学校2年生のお嬢さんが1人いる。それにしても、興信所に見張られるとはいったい何事なのか。

「夫と、彼の奥さんにたぶん、まだ見張られているんです。W不倫がばれて……」

それはまた厄介なことに。

とても興味がそそられるけれど、まずは無難な話から始めよう。

お住まいはどちらに？

「東京隣県のいわゆる新興住宅地です。上野から特急で30分もかからず、行政が施策として子育てしやすい町と銘打って、若年層の夫婦をターゲットに街づくりをしたエリア

です。子育ての環境も整っていると聞いたので、娘が小学校入学のタイミングで戸建てを購入しました。それは大正解だったと思っています。今は、あの頃の3倍くらいの価格になっていますから」

仕事は何をされているのだろう。

「以前はチェーンのエステティックサロンでエステティシャンをしていました。ただシフト制なので、夜遅くなることもしょっちゅうあって、時間の調整が大変でした。なかなか子供に恵まれなかったんですけど、ようやく娘が生まれて、それを機にしばらく子育てと主婦に専念することにしたんです」

それはそれで一つの選択だと思う。ご主人のお仕事も聞かせてもらおう。

「整体師です。数年前に独立して、青山で整体サロンを経営しています」

青山で開業とは、なかなかやり手のようである。

「夫は専門学校の同期で、当時からまじめで優秀だったので、そこそこ有名な整体サロンに就職して、33歳の時に結婚しました。その後も着実に指名を増やして、満を持しての独立でした。意外と経営者としての才覚もあったみたいで、お店の経営は順調で、今では支店もあります。娘は素直ないい子に育ってくれて、小さい頃から習い事もたくさんしていたんですけど、今はピアノに絞って、プロのピアニストになるため音大を目指していています。小学校の頃まではお教室まで送り迎えもしていましたが、今は1人で行けるし、それなりに手が離れている状態です」

環境的にも経済的にも充足した生活である。

「ただ、子育て優先で決めた専業主婦だったんですけど、実際にやってみると、毎日掃除洗濯、三度の食事を作るという繰り返しに、虚しさというか、社会から取り残されてゆくような焦りを感じるようになりました。働くことも考えたんですが、夫や娘の希望もあって留まりました。代わりと言っては何ですが、娘の中学入学を機に、人との交流を持ちたいと思ってPTAに参加することにしたんです」

面倒がる人も多いと聞くが、やってみてどうだったのだろう。

「かなり活発で、とてもやりがいを感じました。数年前に新設された中学校は小学校と隣り合わせで、しかもモデル校になっているので、持ち上がりとは言えお勉強もとてもレベルが高いんです。学校運営に保護者が積極的にかかわるので、PTAも充実していました」

なるほど。相手とはもしかして、そこで？

「はい……」

また身近なところで。すでに修羅場の予感大である。

「PTAの会議や行事には、夫婦揃って参加する人も多いんですが、私の夫は土日も仕事なので、私はいつも1人で参加していました」

相手との出会いのきっかけを教えてもらおう。

「娘が中学校に入学してから、PTA主催の歓迎会のような催しがあったんです。いつものように夫は不参加で娘と2人、出席しました。その時、同じクラスの女の子のお父さんが1人で参加していて、珍しいなぁって思ったんです。小学校の時から知ってるんですけど、いつも共働きの奥さんと一緒だったから。それで『奥さん、今日はどうなさったんですか』と聞いたら、実は奥さんが会社で大出世して、それを機にご主人は激務だった証券会社を退職して、自宅でデイトレーダーをしながら家事全般を担当することになった、というんです。びっくりしました」

最近はそういう夫婦の在り方も珍しくない。特に在宅勤務が普及したせいもあり、働き方はこれからもっと変わってゆくだろう。

ただ、夫婦が顔を突き合わせる時間が長くなれば揉め事も多くなる。これは自然の摂理である。

「その時彼から、いざ家のことをしようと思っても地元のことをあまり知らないので、スーパーの安売り情報や子どもの習い事、PTAの人間関係とか色々教えてくださいと言われて、ラインを交換したんです」

彼も自分で決めたこととはいえ、いきなり家事全般を受け持つのはやはり戸惑いもあって当然だ。もしかしたら、家事なんて誰でも出来る、と甘く考えていたところもあったのかもしれない。この時代になっても、家事の分担に対して理解度の低い夫はまだ多い。

IDを教えることに躊躇はなかったのだろうか。

「少しはありましたけど、内容も大したことじゃないし、身元もはっきりしているし、感じのいい人だったし」

それは彼に好印象を持ったと理解していい？

「そうですね。夫は職業柄、体育会系なんですが、彼はあまり男男してなくて、態度も穏やかだし、話し方も丁寧で、年も同じだったから、何となく安心感がありました。その時は異性の友人が出来たという感じでした。ママ友もいないわけじゃないですけど、やはり女同士だと気を遣うし、ライバル心もあったりするでしょう。そういう意味で、彼には心のうちを素直に話せてホッとできたんです」

そんな彼に、男として惹かれてゆくことを、どの辺りで意識したのだろう。

「やはりラインです。最初は情報を教えてあげるだけだったんですが、ひと月ほどたった頃には毎日のように交換するようになって、そういうことじゃない話もするようになっていきました。それでだんだん仲が深まっていったっていうか」

そういうことじゃない話とは？

「たとえば、こんな毎日でいいのかな、とか、心が満たされなくて寂しくなる時があるとか、世間話の延長みたいなものです」

いや、かなり踏み込んだ話に思えるが。

ラインを交わすことで、あなたはどう変わった？

「自分を気にするようになりました。それまでお化粧なんてあまり気にしなくて、パウダーはたいてリップクリームを塗るぐらいだったのが、ちゃんとファンデーションを付けて口紅も塗るようになりました。新しい服を買ってみたり、今まで気にも留めなかったランジェリーショップが目に入ったり」

そんな自分をどう思った？

「その時はまだふたりで会ったこともなかったし、ただ、ちょっと気持ちが華やいでるなっていう感じです。夫は仕事がある日は帰りが遅くて、会話らしい会話もなくなっていたし、次第に、娘のことや家のこと、ちょっとした相談を夫ではなく、彼にするようになっていました。彼にならなんでも素直に話せるんです。でも、恋愛とかじゃないからって、いつも自分に言い聞かせていました。だから彼にも、いい友達でいてくれてありがとうって、いつも言ってたんです」

友達、とわざわざ言葉にすること自体、すでに気持ちが揺れている証拠である。同時に、たとえささいな話だったとしても、ふたりはすでに秘密を共有した仲となっている。それはひとつめのハードルを越えているということでもある。

彼女は意識していなかったかもしれないが、その時、岐路に立っていたはずだ。友人のままでいられるか、男と女の仲に足を踏み入れるか。引き返すタイミングがあるとしたら、その時だったはずである。それに気が付かないはずがないのに、彼女は走り出す感情を止められなかった。

関係が進展するきっかけは何だったのだろう。

「夏休みです。夫と娘が夫の実家に帰省した時です。私も一緒に帰るはずだったのですが、どうしても外せないPTAの会合があって、ふたりに先に行ってもらったんです。そうしたら彼も奥さんと娘さんが奥さんのご実家に帰省したとかで、会合の帰り、何となく夕ご飯でも一緒に食べようかってことになったんです」

それが初めてのデートというわけだ。

「デートと言うか、ファミレスですから」

とにかく、初めてふたりで会った。

「はい」

楽しかった？

返事に少し時間がかかった。

「はい……。正直に言います、ものすごく楽しかったです。それまではラインだけだったから、実際に話したらどうかなって思ったんですけど、なんてことない話が本当に楽しくて、居心地が良くて、そのうちだんだん離れがたくなって」

雰囲気に呑まれているような気もしないでもないが、恋のはじまりというのは得てしてそういうものである。

「彼もそうだったみたいで、ファミレスを出てから、行くあてもないまま歩き続けたんです。色んな話をしながら、明け方近くまでずっと。いい年をして恥ずかしいんですけど」

行く当てもないまま歩き続ける、その行為はたぶん、大人のふたりを少年少女に還らせたに違いない。歩くというのは、心の垣根を取り払うのにもっとも効果を発揮する行為である。

「その時思ったんです、私、彼のことが好きだって。もちろん口に出しはしませんでしたけど。そうしたら、彼の方から『好きだ』と言ってくれたんです。ラインを始めて、気が付いたら返事が待ち遠しくてならなくて、でもいけないことだからって自制してたけれど、もう抑えられないって……」

その時、どんな気持ちだった？

「嬉しくて嬉しくて、胸がいっぱいになりました」

普通の恋愛であれば最高の瞬間である。

が、既婚者のふたりとしては最悪のとば口に立ったといえる。

神様は時々、ご褒美に見せかけて、こうして罠を仕掛けるのだ。

「わかっています。でも、あの時の私は自分に嘘をつきたくなかった、正直になりたかったんです。それで……関係を持ちました」

彼女が言う「自分に正直になる」は、他人からすれば単に「感情に流された」としか映らないのだが、今はそこを指摘するのはやめておこう。

互いの家庭のことは話し合った？

「それも彼に言われました。あなたのことは好きだけれど、僕には子供もいるし、離婚することはできないって。それは私も同じです。彼のことは好きだけれど、今、家庭を壊すことはできません。けれどこの気持ちも大切にしたい。だからずっと先でもいいから、いつか一緒になれる時がくるまで、とにかく誰にも気付かれないよう、細心の注意を払って付き合っていこうってことになりました」

あなたは不倫についてどう考えていたのだろう。

「自分には関係ないことと思っていました。もう50になろうとしている私がまさかって。こんなに強い気持ちで誰かを好きになることにも驚いたし、こんな私でもまだ女でいられるんだってことにもびっくりしました。それに、たぶんこれが人生の最後の恋になるんだろうな、と思うといっそう気持ちが昂りました。私は不倫というより恋愛と思っていました。いわゆる遊びの浮気とは違って、彼とは身体の関係だけじゃなくて、心もちゃんと繋がっていましたから」

それは言葉のマジックである。同時に、先にも出た不倫脳の勃発である。どんな美しい言葉に変換しようと不倫は不倫以外の何ものでもない。それをさも純愛のようにすり替えることで、罪の意識から逃れようとしているに過ぎない。みんな思うのだ。自分たちは違うのだと。その辺りに転がっている不倫ではなく、特別な関係なのだと。

ただ、彼女の気持ちを全否定できない私もいる。誰かを好きになる。恋してしまう、それはどうにも抗えない心の在り方である。早い話、恋愛ほど、人に情熱をもたらす感情はないのだから。

しかし、その恋愛が知れてしまった時、ふたりの問題だけでは済まなくなる。自分が傷つくのは自業自得だが、傷つけてしまう人がいる。その現実から目を逸らしてはいけない。

セックスのことも聞かせて。

「信じられないくらいよかったです。夫とはずっとなかったし、私自身したいともあまり思っていませんでした。このまま枯れてゆくことにも、それほど抵抗はなかったんです。けれども彼とそうなって、セックスってこんなに気持ちよいものだったんだと驚きました。失ったものを取り戻したような気分でした」

もし、セックスがよくなかったら、気持ちは冷めたのだろうか。

「そんなことはありません。上手いとか下手とかじゃないんです。相性っていうか、好きな人とするセックスはやはり最高なんだと思います」

どれくらいのペースで会うように？

「週に1、2回です。バレないように昼間、2駅離れたホテルで待ち合わせていました」

そうなって、あなたはどう変わったのだろう。

「毎日がこれまでとは違ってキラキラするようになりました。それまでの苛々や変な焦りも消えたし、夫にも前より優しくできたし、娘にも鷹揚に接しられたし、家事も楽しくやれて、家庭の幸せが実感できるようになりました。この状態が永遠に続きますようにって祈ってました」

うまくいっていたんだ。

「はい、1年くらいは順調に」

ということは、何があった？

「彼の奥さんが気づいたんです。どうやら以前から彼の行動を怪しんでいて、興信所に尾行を依頼していたようです。全く気付きませんでした。ホテルに入るところも全部撮られていました」

それを知った時はどう思った？

「彼から連絡を受けたんですけど、目の前が真っ暗になりました。本当に真っ暗になるんですね……。離婚とか、慰謝料とかが頭の中をぐるぐる回って、急に現実が押し寄せて来たっていうか、身体が震えました」

いつかそんな日が来ることを、覚悟していなかったのだろうか。

「最初の頃は注意していましたけど、まさかバレてしまうなんて考えてもいませんでしたから、気が緩んでいたのもあったと思います」

慣れというのは怖い。これぐらいは大丈夫、が、どんどん大胆になっていく。言い方は悪いが、モラルと警戒心は比例して低くなっていくようである。

その時、したことは？

「まずラインと写真の削除です」

証拠隠滅に走ったわけだ。

「ふたりで話し合ってそうしました」

あなたの夫にも知られたの？

「はい。彼の奥さんは、夫にも連絡を入れていたんです」

つまり彼の妻は、波風立たせず穏便に済まそうという気はさらさらなく、本気で戦おうと決めたわけだ。

知った夫の反応はどうだった？

「激怒されると思ったんですが、淡々としていました。夫も薄々気づいていたようです。やっぱりなって言われました。妙に機嫌がよくなったし、お洒落になったし、俺や娘にも愛想がいいし、何かあるんだろうなって思ってたけど、そういうことだったのかって」

あなたはどう対応したの？

「必死に誤解だって言いました。性格の悪いママ友に悪い噂を流されていて、あちらの奥さんがそれを信じてるだけだって。そしたら、証拠の写真やらスマホのデータを突き付けられました。すでにあちらの奥さんから渡されてたんです。浮気も許せないけど、嘘をついて取り繕おうとしたことはもっと許せないって言われました」

逃げ道はなくなった。

「その時の、夫の私に向けた冷ややかな目、突き放すというか、軽蔑というか、忘れられません。もう、言い訳出来ないことがわかったので、ひたすら謝罪しました。一時の気の迷いで今はとても後悔しているって、いちばん大事なのはあなたと娘で、どんな償いもするから許してくださいと、とにかく言葉を尽くして謝りました」

いわゆる浮気のテンプレ言い訳を並べたわけだ。

「でも、本当にそうなんです。家庭を壊す気はまったくなかったですから。そしたら今度はラインの履歴を出されて」

それもすでに握られていた。どんなラインを交わしていたのだろう。

「夫の愚痴です。もう心は離れてるとか、男として見られないとか、そういうことです。でも、それは本気じゃないっていうか、つい調子に乗って心にもないことを書いてしまっただけなんです。そういうことってあるでしょう?」

同意を求められても困る。

「でも夫はとても自尊心を傷つけられたみたいです」

書かれた方としたら当然の反応である。立場を入れ替えてみればわかるはず。自分のことを、夫がそんなふうに浮気相手に言っていたら、あなたは許せる？

「そうですよね……」

その後の展開を教えてもらおう。

「夫があちらと4人で話し合いをしたいと言い出しました。それで彼に相談したのですが、彼はもう精神的に参ってしまっていて、とてもじゃないけれどもそんな場には出向けないし、もう別れるって。驚きました。あんなに好きだ、愛しているって言っていたのに」

男は逃げたんだ。

「はい……」

男女の関係は、始まりはふたりの意志が必要だが、終わりは片方の意志だけで決まる。それまでどんなに愛し合っていようと、どちらかの心が変われば終わりなのである。

恋愛が理不尽なものだということぐらい、大人の彼女が知らないはずはないのに、恋愛はここまで人を幼稚にしてしまうのか。

「愕然としました。私がこんなに辛い思いをしているのになんでって。優しい人だと思っていたのですが、ただメンタルの弱い人だったんだって、その時わかりました」

それは彼が豹変したというより、元々、彼女が自分の見たいようにしか彼を見ていなかったとも言える。彼女が「心から私を愛してくれている」と思っているのも、実は「心から私を愛してくれているはず」なのである。

「結局、彼は出てこなくて、3人での話し合いになりました」

彼の妻は何て？

「とにかく別れて欲しいということでした。二度と2人で会わないと念書も書いて欲しいと。それなら慰謝料は請求しない。ただ怪しいと思ったらまた興信所で調べるし、もし会ったとわかれば莫大な慰謝料を請求するって」

ということは、あちらは再構築を選択した。

「そのようです。それもショックでした」

とはいえ、あなたも夫に取り繕ったということは、再構築を望んだんでしょう？

「そうですけど、最後のところで彼は私を選んでくれると思っていました。いつかは一緒になろうって約束していたし、それなのに、どうしてって」

まるで被害者のように聞こえるが、彼女は加害者側であることを忘れてはいけない。

彼の妻も、その結論に至るまで悩み抜いたに違いない。そして再構築をするにしても、これからずっと夫に対する蟠りと向き合っていかなければならない。

あなたの夫はどんな結論を出したのだろう。

「夫は、あちらの奥さんが私に慰謝料を請求しないのなら、自分もそちらの夫に請求しないと言いました。絶対に会わせないよう、こちらでも見張るって。それからしばらくして彼らは引っ越していきました」

彼との関係は終わったわけだ。

「はい……」

今、夫とどのような状態に？

「離婚はしていませんが、再構築にも程遠くて。私はすごく反省したし、必死になって日常を取り戻そうとしているのですが、夫はたぶん、私に復讐するつもりでいるんです。これから娘の受験もあるし、家事にしても夫だけでは手が回らない、だからそれまでは形だけ家庭を保とうと考えているんだと思います。今は私を家に置くけれど、娘が無事に入学したら、別れるつもりなんです」

先の見えない状況だ。

しかし、そこまで夫を変貌させたのは彼女自身である。

「娘も何となく気づいたみたいで、最近は笑顔がなくなって、言葉がなくなって、時々、私を知らない人みたいな目で見るようになっています。針のむしろとはこのことをいうというくらいに息苦しい毎日です。ＰＴＡをやめても、スマホにはＧＰＳが付けられているし、外出する時は前もって夫に時間や場所を報告することになっています。今日は友達と会うってことで出て来たんですが、きっと興信所をつけていると思います。家の中にも盗聴器が設置されているかもしれない。彼の奥さんもまだ私のことを見張っているかもしれない」

相当追い詰められている様子である。

これから先はどうするつもり？

「彼にも去られてしまったし、何とかこの状況を乗り越えて、家庭が元に戻れるよう頑張らなくちゃって気持ちでいます。でも、そうなれる自信はまったくありません。娘が高校に入学したら離婚される可能性は大きいです。慰謝料も請求されるかもしれないし、そのためにも仕事に復帰しようと考えているんですけど、働きに出ると夫はますます疑うでしょう。とにかく今は家のことを完璧にして、いい妻、いい母親でいることに必死です。今の私はただの家政婦、もっと言えば、自分の意見ひとつ口にできない奴隷のようなものです」

最後に聞かせて欲しい。

こうなった今、それでも彼と恋愛してよかったと思う？

「それは……」

と言ったきり、彼女は口を噤んだ。それが彼女の答えなのだろう。

＊

少しだけ救われたい、誰かに認めて欲しい、きらきらしたい。

ささやかな想いから彼女は彼と恋愛関係に陥った。

今更それをとやかく言っても仕方ない。惹かれる気持ちを止められなかったのも、理解できないわけじゃない。けれども代償は大きかった。そして、彼女も彼も、それを受け入れるだけの覚悟がないまま、関係を続けてしまった。

秘密はバレる。いつかバレる。バレないと思っているのは本人だけである。

彼女は、たとえバレたとしても彼は命懸けで自分を守ってくれる、と信じていたようだが、それも期待とは違っていた。

不倫が明るみに出た時、男の方が腰砕けとなるケースは多い。何だかんだ言っても、社会的な信用を失いたくないというのが本音なのだ。

夫の不倫で再構築する夫婦は70パーセント、妻の不倫だと30パーセントというデータを見た。その数字からも、基本的に男は家庭に戻りたい生き物のようである。そういう意味で、彼女の夫もそうであってくれればいいのだが……。

さて、不倫はした方がいれば、された方もいる。

した方の彼女の言い分は十分聞かされたので、された方で、かつ再構築を選択した何人かの妻たちの、その後の心情も書いておこう。

「表面上は平静を装っているけれど、夫からどんな優しい言葉を掛けられても、もう決して信じられない」

「テレビを見て笑っている夫を見るだけで、たまらなく腹が立ってしまう」

「あれから夫のタオルで床を拭いている、夫の下着は雑巾と一緒に洗っている」

「夫が、病気とか定年退職とか、いちばん大変な時に捨ててやろうと思っている」

聞いて震え上がる夫もいるだろう。

再構築を選んだことと、許すことは、決して同じではないのだ。

不倫の最中、当事者たちは言う。

不倫だなんて呼ばないで欲しい、自分たちは俗っぽい不倫とは違う、あくまで恋愛なんだから。

しかしそんな不倫こそが、実はもっとも典型的な不倫だということを、肝に銘じておこう。

第10話　愛は失くしてはじめて気づくもの

――何気なく夫をディスり続けた45歳

「今、夫から離婚を切り出されています」

そう言って、彼女はため息をついた。

もしかして、あなたの不倫がバレたとか？

「いいえ、私じゃありません。不倫をしたのは夫です。私と別れてその相手と一緒になりたいって言われています」

どんな事情があったのか知らないが、ここまで聞いた時点では、夫の言い分はあまりに身勝手に聞こえる。

「私は別れたくありません。いえ、絶対に別れません」

彼女、朱里さんはきっぱりと言った。45歳。結婚生活15年。中学2年生の娘と小学校6年生の息子がいる。ふたりとも難関の私立校の受験を突破している。

彼女は目鼻立ちの整った美人で、聞けば学生時代、ミスキャンパスに選ばれたこともあったとか。が、今は目の下には隈が浮かび、かなり疲弊している様子である。

「夫は慰謝料も養育費も払うし、財産分与で今住んでいるマンションも渡すし、すべての責任をとる、と言っています。相手の女も慰謝料を払うと言っています。でもそういうことじゃないんです。こうなってはっきりわかったんです。私は夫を愛しているって。だからどうしても別れたくないんです」

夫を愛している。

何だかとても新鮮な言葉を聞いたような気がするのは、私が相当ひねくれてしまったからかもしれない。

世の中に「夫を愛しているか？」と尋ねられて「はい」と即答する妻はどれくらいいるだろう。「もう愛とか恋とかの関係じゃない」と、困ったような顔を返されるのがほとんどだ。そしてその後、迷いながらこう答える。でも情はある。

それでいいんだと思う。愛は姿を変える。恋人の頃は恋が愛を支え、夫婦になれば情が愛を支える。とても自然な在り方である。

だからむしろ、彼女が「夫を愛している」と前面に押し出して来る姿に、少々違和感を覚えてしまった。

今、夫とはどういう状況なのだろう。

「夫は先月、マンションを出ていきました。今は相手の女と一緒に暮らしています。別居が続けば、離婚が成立しやすくなると夫は考えているようです」

とはいえ、1年やそこらの別居ではなかなか認められるものではないはずだ。ましてや責任は夫にある。もっと不利になるだろう。つまりどんな長期戦になっても、夫は離婚を望んでいるわけだ。決心は確固たるものらしい。

いったい夫婦に何があったのか。

それを知るためにも、まずは出会いの頃からの話を聞くことにしよう。

「夫とは大学に入学してから知り合いました。学部は別でしたが、サークルが同じだったんです。夫はあまり社交的なタイプではないし、見た目も地味で、目立たない存在でした」

じゃあ恋愛感情は？

「まったくありませんでした。それに、その頃は付き合っていた彼がいましたから。その時の彼はみんなが羨むほどかっこよくて、私も自慢でした。だから夫は恋愛の対象にはならず、あくまで友達のひとりでしかありませんでした」

当時、夫はあなたのことをどう思っていたのだろう。

「好意はあったと思います。こう言っては何ですが、私結構もてていて、他にもそういう目を向けてくる男の子が何人かいて、それに慣れているところもあったから、特に気にしてはいませんでした」

強気の発言である。が、モテる女とはそういうものだ。もちろん皮肉も入っている。

それが、どんな展開になったのか。

「恋人とは1年ほどで別れました。ほかの大学の女の子と浮気したからです。その時に夫から初めて告白されたんですけど、やっぱりその気になれなくてお断りしました。その後、何人かの男の子と付き合いましたけど、どれもあまり長続きしなくて。そうこうしているうちに4年生になって、私は薬学部だったのですが、薬剤師の国家資格を取り、薬品会社に就職が決まりました」

順調である。

で、夫とは？

「実は卒業時にまた告白されました。でも、やっぱり無理でした」

その時、夫はどんな反応だった？

「どんなふうっていうか……。最初からふられるのはわかってたって言われました。君のような人に、僕なんかふさわしいわけないって」

ちょっと切ないが、恋というのは努力や誠実さだけでは成就しない。残酷なほど本能的なものである。

その後はどうなったの？

「どうもこうも、会うこともないし、思い出すこともなかったです。私は仕事が面白かったし、社内の飲み会や取引先との交流会に参加して、いろんな人と知り合いました。デートに誘われたり交際を申し込まれたりして、何人かとお付き合いしました。私も若かったし、別れてもすぐ新しい人が見つかるから、学生時代の延長のような恋愛を何回かしました。30歳が目前に迫った頃、さすがにそろそろ将来のことも真剣に考えなくちゃと思い始めて、その頃、取引先の3歳年上の男性と1年ほど付き合っていたんですけど、見た目も悪くないしエリートだったし、このままこの人と結婚するんだろうなって、当たり前のように考えていました」

まあ、自然の流れだろう。

「それで、そろそろうちの両親に挨拶して欲しいって言ったんです。そしたら彼に『今はそんな気になれない』って言われました。私、びっくりしました。まさかそんなことを言われるなんて思ってもいませんでしたから。それで、その気がないならこれ以上付き合っていても無駄ねって言ったら、君がそう思うならそうなんじゃないかって返されて、それで別れることになりました」

ショックだった？

「ものすごくショックでした。今まで男の人にふられたことはなかったから、とてもプライドが傷つきました」

免疫がなかったのなら尚更だ。

「それからしばらくして、大学のサークルの同窓会があって、夫と再会したんです」

ここでようやく夫の登場である。

久しぶりに会ってみて、どうだった？

「地味で目立たないのは相変わらずでしたけど、大手通信社に就職していて、大人になったなという印象でした。それで話をしているうちに、わかったんです」

わかったというと？

「彼、まだ私のことが好きなんだって」

また告白されたの？

「そうじゃないんですけど、女ってわかりますよね、相手の目つきとか態度とかで、どんな気持ちでいるかって」

同意を求められても困るが、わかる女にはわかるのだろう。

「私もいろいろ考えました。若い頃には気づかなかったけれど、結婚するなら彼みたいな人がいいんじゃないかって。勤め先はきちんとしてるし、真面目だし、優しいし、浮気もしなさそうだし、きっと一生私を大切にしてくれるに違いないって。だから同窓会の後『携帯の機種変更をしたいから相談に乗って欲しい』ってメールを送ったんです」

彼の反応はどうだった？

「速攻で返事が来て、会うことになりました」

それから付き合いが始まった。

「付き合うというか、彼はなかなか踏み込んで来ませんでした。どうも前に二度ふられたことがトラウマになっていたみたいです。友達の延長みたいな関係が3か月ほど続いた頃、私、言ったんです。実は今、上司から見合いを勧められてるって」

え、そうだったの？

「もちろん嘘です」

でしょうね。

「そしたら彼、ものすごく慌てて『ずっと好きだった。結婚を前提に僕と付き合ってください』って言ってきたんです」

3回目の告白。彼はあなた一筋だったんだ。

「みたいですね」

早い話、彼は策略にはまったわけだけど、それくらいの罠は、ほとんどの女がやるのだから責めるつもりはない。

「それで付き合うようになりました。夫はいつも『夢みたいだ』って言いました。『君とこんな風になれるなんて考えてもいなかった』って。それから結婚話はとんとん拍子に進みました」

長年の思いが遂げられて、彼も相当嬉しかったのだろう。

「夫はとにかく私を大切にしてくれました。結婚式も新婚旅行も、新居を決める時も『朱里の好きなようにしていいよ』って私の意見を尊重してくれました。結婚してからもそれは変わらず、いつも私のことを最優先で考えてくれていたと思います。よく聞くじゃないですか、結婚は惚れられてする方が幸せになれるって。まさにそれを実感しました」

その時点では、めでたい話である。

「1年後に娘が生まれて、それを機に仕事はパートに切り替えました。2人目の息子が生まれてからは専業主婦になりました。資格があるので、落ち着いたらまたフルで働きに出ればいいと思って。それにも賛成してくれました」

安定した家庭に思えるが、何がどうなってこじれていったのだろう。

「私にもわからないんです……。夫は穏やかな人で、家事にも子育てにも協力的でしたし、うまくいっているものとばかり思っていました」

あなたの方に不満はなかった。

「それは……ないわけじゃないです。確かにいい人ではあるんですけど、ちょっと気が回らないところがあって、何にしても私があしてこうしてと指示しないと、何もできないんです。気が利かないというか不器用というか、言葉は悪いんですけど、どんくさいというか。子供の受験の時なんかまさにそうで、プレ幼稚園から幼稚園、習い事、学校の選択、そのために通う塾もすべて私が決めました。学校の行事や、ご近所の付き合いなんかも苦手で、ちょっとイライラすることはありました」

役割分担と考えれば、それでもいいのでは。

「私もそれでいいと思っていたんです。でもどうやら、夫はそうじゃなかったみたいです」

彼女は遠い目をした。いよいよ本題に迫ってきたようだ。

先に聞くが、夫の不倫はどうして知ったのだろう。

「夫に告白されるまでまったくわかりませんでした。3か月ほど前に突然、言われたんです。好きな人がいる、彼女と一緒になりたいって。結婚して15年、それまで1ミリたりとも疑ったことはなかったから、あまりにびっくりしてどっきりか何かかと思ったくらいです。慰謝料も養育費も払うし、今住んでいるマンションも渡すから別れてほしいって」

それを聞いた時、どう思った？

「頭が真っ白になりました。でも、なんとか冷静さを保って理由を聞いたんです。そしたら『朱里はいつも僕を見下していた』と言われました」

実際、そうだったのだろうか。

「もちろん否定しました。あなたのことをそんなふうに思ったことは一度もないし、いつも感謝してるって。でも夫は『結婚してから、朱里はずっと僕のことを駄目男だとバカにしていた。僕が何か言ってもいつも返事の代わりに呆れたようなため息を返して、何かというとママ友のパパを持ち出して比較した。そういうすべてが辛かった』って言われました。さらに『それでも、あんなに好きだった朱里と結婚できたんだから幸せなんだって自分に言い聞かせてきた。でももう限界だ』って。決定的だったのは『こんな使えない男とわかってたら結婚しなかったのに』と言われた時だそうです」

実際に言ったの？

「記憶はありませんけど、たぶん言ったんだって思います。なぜなら……心の底でよくそう思っていたから」

思い当たる節はあったわけだ。

「でも悪気はなかったんです。夫に対する私なりのエールのつもりだったんです」

ちょくちょく出て来るこの、悪気はなかった。

言わせてもらうが、このセリフはもっとも質の悪い自己正当化のひとつである。

同時に、悪気がない分、言った方は自覚がないかもしれないが、実はそれが本音であることを証明しているようなものである。

「まさか夫がそんなに傷ついているなんて想像もしていませんでした。そんなに嫌だったのなら、もっと早く言ってくれたらよかったのに」

それを言った方が言うか、と、思わず突っ込みたくなる。

夫は何て？

「何度もサインを出したし、言葉にして伝えたこともあった、でも君は聞く耳持たずだったって。改めて考えてみると、確かにそんな話をされたような気もします。でも、単なる泣き言にしか受け止められなくて、あなたは私の言うことに従ってくれたらいいのよって答えていた気がします」

言った方は忘れても、言われた方は忘れない。言葉は凶器にもなる。

「その点はとても反省しています。夫に甘えていたというか、私の配慮が足りませんでした。でも、だからっていきなりほかに女を作って、別れてくれっていうのはあまりにも極端すぎませんか。何があってもそれだけはないと信じていたのに」

彼女にしたら、あんなに私のことが好きだったのに、と言いたいのだろうが、そこまで言われて来たことを考えると、夫の気持ちが冷めるのも当然のように思えてくる。

だいたい、信じていたと彼女は言うが、単に見縊《みくび》っていただけではないのか。

「今付き合っている恋人はぜんぜん違うそうです。夫を敬ってくれて、何かしたらいつもありがとうって返してくれて、自分の駄目なところも受け入れてくれる。彼女と一緒にいるとよく笑えるし、よく眠れるし、気持ちが穏やかになって、何より自分に自信が持てるようになったと言われました」

そこまで言われるのはさすがにきつい。が、そこまで言うしかないほど、夫も追い詰められていたのだろう。

「それに夫は離婚を考え始めてから、いろいろと本を読んだらしくて、自分がされてきたことはもしかしたらモラハラじゃないかと思うようになったそうです」

もしかしたら、ではなく、話を聞いた限り、彼女の発言の数々はモラルハラスメントと認定される可能性は高いだろう。

経験がある人もいると思うが、モラハラを受けた時、相手ではなく、まず自分を責めてしまう。この人はそんな人間じゃない。自分のためを思って言ってくれているのだと信じたい。好きだったら尚更だ。が、それが却って相手を増長させて、更にモラハラを悪化させてしまう。彼女の夫もそうだったのではないか。

「特に子供の前で自分をないがしろにされるのが耐えられなかったって言われて、ハッとしました。確かに私、そういうこともしていましたから……。その時、やっとわかりました、私、モラハラをしていたんだって」

モラハラは男が女にするものと思っている人が多いかもしれないが、もちろん性別に関係ない。その上、彼女のように、発言した方にはその自覚がないというのがほとんどだ。

モラハラは相手を委縮させ、自信を喪失させ、心を壊してゆく、忌むべき行為である。

「だから夫には泣いて謝りました。私がばかだった。幸せ過ぎて、大切なものが見えなくなっていた。これから心を入れ替えてあなたを大切にする。だから離婚だけはしないでって」

夫の反応はどうだったのだろう。

「もう手遅れだって」

彼女がとても悔いているのは伝わって来るが、夫の気持ちを考えると安易に同情はできない。

「でも私、どうしても離婚したくないんです。今は恋人と盛り上がっているかもしれないけれど、時間がたてば冷静になるはずです。夫は子供を可愛がっているし、何のかんの言っても父親のない子にはしたくないだろうし、いつか必ず戻ってくれると信じて、待とうと決めています」

そして彼女は最後に言った。

「今回のことでよくわかりました。結婚前、夫は私にずっと片思いしていました。今度は私がそれをする番なんだって」

＊

確かに、失くしてはじめて気づくものはある。

彼女は今、現実を突きつけられている。

ただ、どれほど後悔し、心から謝ったとしても、世の中には許されないことがある。夫をそこまで傷つけたのに、それでも挽回のチャンスを求めるのは、残酷な言い方だが、結局は自分のことしか考えていないと思えてしまう。

彼女が「愛しているから別れたくない」と言うのと同様、夫は「もう愛していないから別れたい」と主張するだろう。夫はもう妻の愛を必要としていないのだから、愛情を武器にしても無駄なのだと覚悟しておいた方がいい。

子供たちのために、を理由にするのもわからないではないが、それを押し通して、たとえ夫が戻って来たとしても前のような関係に戻れるだろうか。彼女はひたすら気を遣い、夫は頑なさを崩せない、そんな状態で生活をしても、ぎくしゃくするのは目に見えている。それを傍で見て育つ子供たちは何を思うだろう。

両親が離婚をすれば子供らが傷つくのは当然だ。特に、多感な年ごろの娘とまだ小学生の息子である。けれど子供らもやがて成長してゆく。自分たちのせいで両親に無理に結婚生活を続けさせたとわかれば、逆に気が咎めるのではないか。

そんなこんなを考えても、ここは自分の気持ちばかりを優先せず、離婚を決断することも大切ではないかと思えてくる。

ただ、夫にも言いたいことがある。夫は順番を間違えている。なぜ好きな女を作る前に、妻に離婚を切り出さなかったのか。逃げ場を作ってしまう前に、とことん話し合うべきだったのだ。それが夫として、父親として、そして男としての責任のはずである。

彼女がどうしても離婚したくないと訴えれば、叶えられる可能性もあるかもしれない。何しろ有責は恋人を作った夫の方が大きい。が、彼女のモラハラも有責となれば相殺される可能性もある。

これから互いに弁護士を立てて向き合うことになるのだろう。調停では終わらず、裁判になるかもしれない。お金もかかるし、時間も費やす。互いに疲弊するに違いない。それを承知の上で、なお夫を取り戻したいのなら、肚を括って向き合うしかない。

ただ、そうすると決めた以上は、もう愛情云々ではなく、戦いと思った方がいい。

離婚を迫る夫との戦い。その背後に存在する夫の恋人との戦い。そして後悔と嫉妬に苛まれる自分との戦い。何より、子供たちを守るための戦い。

戦いは心ではなく頭でするもの。そのためにもしっかりと策を巡らせなければ。

夫への愛をかみしめるのは戦いの後でいい。

第11話　恋愛の奥底には負の感情が渦巻いている
――余命1年、夫と友人の不倫を知った74歳

私の目の前にいる方は、74歳の郁代さん。

現在、76歳の夫・修さんと横浜郊外の一戸建てで暮らしている。娘ふたりは結婚し、子供もいて、それぞれ家庭を築いている。

テーマが恋愛なのですが、よろしいですか。

「ええ、もちろん。でも、もうこの歳ですから、期待外れの話になってしまうかもしれませんけど」

どうぞお気になさらずに。

「何からお話ししようかしら」

では、自己紹介から伺わせていただきます。

「私はいわゆる戦後第一次ベビーブームの団塊世代です。とにかく人数が多かったから、1クラス50人以上も生徒がいて、それでも教室が足りないから、化学室やら美術室まで

つぶすような状況でしたね。何をやるにしても競争社会で、受験戦争も経験しています。いちおう第1志望の私立大学に合格できたのでホッとしました」

学生生活はどのような?

「学生運動の真っただ中でしたから、巻き込まれるような形で私も集会に参加したりしていました」

活動に熱心だったのですか?

「だからってのめり込むようなことはなく、今思えば好奇心だったのでしょうね、その時代の通過儀礼とでもいうべきかしら。いろいろありましたけど、大学を卒業し、就職もしました」

お仕事は?

「アパレルメーカーです。洋服関係が好きでしたし、高度成長期の真っただ中で、将来性のある仕事だと思えました」

その後大流行となったDCブランドブームが懐かしく思い出される。私も若い頃にはお世話になった。

仕事は楽しかったですか?

「ええ、とても。やはり仕事って楽しくないと続けられませんね。だから娘たちにも子供の頃からよく言い聞かせてきました。楽しいと思えることを仕事にしなさいって。おかげで娘たちも今の仕事を楽しんでいるようです」

ご結婚は？

「26歳の時です。夫は大学の2年先輩で『広告研究会』というサークルで出会いました。結構目立つ人で、女の子たちからも注目される存在だったから、最初は何て言うか、ちょっと浮ついた男に見えたんですけど、話しているうちに頭の回転もいいし、将来のこともきちんと考えていることがわかって、交際が始まりました。交際6年の結婚です」

モテ男だったのですね。周りからの嫉妬もあったのではないですか。

「あったかもしれませんけど、あまり気にならなかったですね。私も今はすっかりおばあちゃんですけど、これでも若い頃はかなりモテましたから、そこのところはお互い様ってことで」

ジョーク混じりに仰ったが、確かに今もお綺麗である。

ご主人の仕事を聞かせて下さい。

「広告代理店です」

華やかな職種である。

「ええ、やはり派手な業界なので、結婚してから頭を悩ますこともありました」

それはどういう。

「いわゆる女遊びですね。まあ相手はほとんど玄人さんだったから、後腐れもなかったし、今の若い人が聞いたら呆れるでしょうけど、どこかで男は女にモテてナンボ、みたいな感覚があったんでしょうね。離婚は考えたことはありません。夫の稼ぎはそこそこあったし、結局は私のところに帰ってくるわけだから、ここは太っ腹なところを見せるのが妻の甲斐性みたいな気持ちでした」

団塊の世代の若い頃はウーマンリブ（女性解放運動）が世界的に展開される時期であり、ヒッピー的フリーセックス思想も広まったが、日本ではまだまだ良妻賢母の風潮が色濃く残っているという、混沌の時代でもあった。

仕事は続けられていたんですか？

「長女が産まれるまでは。心残りはありましたけど、あの頃は子供が出来たら退職するのが当たり前の時代でした。2年後には次女も誕生して、今でいうワンオペでしたけど、子供たちは可愛かったし、生活も安定していたし、特に不満はありませんでした」

穏やかな口調で話は進んでゆく。

「夫が40歳の頃に、顧客の中で後押しするから独立しないかと言ってくれる人がいて、夫は会社を立ち上げました。夫も、やりたいことがあっても組織に属していると思うように動けない、というジレンマを抱えていたようで、決心したみたいです。あの頃は景気がよかったから独立はそんなに珍しいことじゃなかったですね。夫の周りにも何人かいて、お給料の2倍、3倍と稼いでいました」

ご主人もですか。

「ええ。とても順調で、おかげで一軒家も購入することができました」

順風満帆ですね。

「ところが、数年たった頃にバブル崩壊がありまして」

ああ……。

多少なりとも私にも影響があった。世の中が負に反転する状況を初めて目の当たりにした初めての経験でもあった。

「夫の仕事は激減し、収入も10分の1程度にまで落ち込んでしまいました。私としては、それは一時のことであって、景気さえ回復すれば仕事もまた舞い込むだろうと信じていたのですが、状況はなかなか好転しなくて、それで夫と話し合って私も働きに出ることにしたんです。その頃はまだ娘たちが小さかったものですから、住んでいた一戸建ては賃貸に出し、私の両親に子供たちの面倒をみてもらうことにして、実家近くのマンションに引っ越すことになりました」

生活が一変した人は多くいただろう。

「でも、心のどこかで再び働きに出られるのがちょっと楽しみでもありました。できることならアパレル関係に戻りたかったのですが、やはり不況で、前の会社はもちろん、13年もブランクのある専業主婦を中途採用で雇ってくれる会社なんてなくて、いろいろ当たってみたんですけど、なかなかいい返事が貰えなくて、諦めるしかないって思っていました」

再就職が難しいのは、今も昔もあまり変わりはないようである。

「そんな時、大学時代に同じサークルにいた友人・晴恵ちゃんから連絡があったんです。私が仕事を探しているという話が耳に入ったみたいで、『もしよかったら、私が働いているところに面接に来ない?』って誘ってくれたんです」

持つべきものは友人である。

「彼女は25歳のときに会社の先輩と結婚して、勤めていた流通会社を寿退社したんですけど、子供の手が離れたからって、その時は子ども服のセレクトショップで販売の仕事をしていました。店舗は3つあって、社長を含めて20人足らずの小さな会社なんですが、上質でセンスの良い品物が揃っていて、地方からもわざわざ買いに来てくれるお客様もいたりして、小さいながら売り上げは好調とのことでした。緊張しながら面接に出向いたんですけど、社長は50歳くらいの鷹揚なタイプの男性で、気さくに対応してくれました。会社そのものがアットホームな雰囲気で、印象はとてもよかったです。ちょうど買付する人材を探していたとのことで、私にアパレル経験があったことで、すぐに採用となりました」

それは幸運でした。

「でも、夫は最初、渋ったんですよ」

なぜ？

「晴恵ちゃんのことは、同じサークルだったからもちろん知っていて、今更妻を働かせるなんて甲斐性がないと思われるのが嫌だったんじゃないかしらって、その時は思ってました。ほら、男って見栄っ張りのところがあるから」

ああ、なるほど。

久しぶりのお仕事はどうだったのだろう。

「どんな形であれ、アパレル関係の仕事に戻れたのは嬉しかったです。晴恵ちゃんと同じ職場というのも安心でしたし、世界も開けて毎日楽しかったですね。お給料はさほど高くはなかったですが、自分で稼いでいるということは、自信にもつながりました」

妻が働きに出ることで、夫婦関係は変わったのだろうか。

最近は共働き夫婦が多く、家事も子育てもふたりで協力し合っていくのが当たり前となっているが、あの時代はまだ、男は仕事に邁進し、女は家庭を守る、という概念が根強く残っていた。妻が働きに出るのは構わないが、家事や育児に影響が出ない程度に、が夫側の条件だという話もよく耳にした。

「うちの場合、決まったらもう何も言いませんでしたね。夫は仕事の依頼があれば仕事をするけれども、そうでないときは業界の人と飲んでばかりでした。とは言え、そういうところから仕事に繋がっていく業種だということはわかっていましたし、元々家にあまりいない人だったから、特に問題はありませんでした。娘たちは安心して両親に預けられるし、仕事の方も私が買付けた商品がよく売れて、すべて順調でした」

それは何よりです。

「そのまま1年ほど過ぎて、すっかり働くことに慣れた頃に……なんとなく職場の人間関係がぎくしゃくし始めたんです」

何があったのですか。

「私は買付に出ていて、ほとんど店舗やオフィスにいなかったからよくわからなかったんですが、晴恵ちゃんから聞いたところ、どうやら社長が社内で不倫をしているらしいって話でした。確かに、年の割に雰囲気のある男性で、そういうこともあるかもしれないなって感じでした。社内では、相手は誰だって犯人捜しみたいなことも始まっていたようです。私は外回りが多いので、ほとんど関知していなかったのですが」

何だか、悪い予感が。

「ご推察の通り、いつの間にか相手は私ということになっていました」

火のないところに煙は立たない、とも言われるが。

失礼を承知で言わせてもらうが、思い当たるふしはなかったのだろうか。

「社長とは時々一緒に仕入れ先に出向いたり、時には接待に同行したりもしていましたけど、それだけです。事実無根です」

身に覚えはないと。

「もちろんです。聞いた時は本当にびっくりしました。どうしてそんなことになったのか見当もつきませんでした。最初は馬鹿らしくて放っておいたんですけど、噂はあっという間に広がって、店に顔を出すと、ついこの間まであんなに和気藹々だったのに、露骨に避けられるようになってしまったんです。小さい会社でしょう、こういう時、逃げ場がないんですよね。それで晴恵ちゃんに相談したんです。彼女はすごく心配してくれて、ちゃんとみんなに説明しておくし、放っておけばじきに誤解も解けるわよって言ってくれたので様子を見ていたんですけど、状況は悪くなるばかりでした。半年近く経った頃、さすがに社長も問題視して、みんなの前できっぱり否定しました。私もそういう事実は一切ないって説明しました。でも状況は変わらないまま。ついには社長の奥さんの耳にまで入ってしまって」

大事になってしまった。

「そのうち、晴恵ちゃんからこんなことを言われました。もう不倫が本当かどうかの問題じゃないって。みんな、あなたのことが信用できなくなっているって。それに自分が紹介した人が原因で社内の雰囲気がぎくしゃくするようになっていることに耐えられないって、泣かれてしまいました。そんな晴恵ちゃんを見て、これ以上迷惑は掛けられないと思って、それで辞めることにしたんです。誤解を完全に払拭できなかったのは悔しかったけれど、もうどうしようもありませんでした」

後味の悪い結末でしたね。

「夫は私を信じてくれていたので、それがせめてもの救いでした。次の仕事を見つけて心機一転頑張ろうとしたんですけど、やはり3年ぐらいは引き摺りましたね。人が信じられなくなったし、陰で誰に何を言われるかと思うと怖くて。今も何かの拍子にあの時のことが思い出されて、嫌な気分になります」

生きていれば理不尽な扱いを受けることもある。

さぞかし悔やしい思いにかられただろう。

「あの、話はここからなんですよ」

不意に郁代さんが言った。

「ふた月ほど前のことなんですけど、実は私、余命宣告されまして」

えっ……。

思わぬ言葉に目を見開いてしまった。

「7年前に大腸がんが見つかったんですけど、その時は初期で、手術をして、ずっと経過は良好でした。だから安心していたんですけど、再発が判明したんです。もう肺にも肝臓にも転移しているとのことでした」

言葉を失ってしまう。

「そりゃあショックでした。孫たちの成人式くらいは見届けたいと思っていましたから。でももう手の施しようがないことがわかって、覚悟を決めました。もって1年半とのことです」

そうですか……。

「ただ、私以上に夫がショックだったようです。まさか私が先に逝くなんて考えてもいなかったんでしょうね、私以上に落ち込んでしまって」

何と言っていいものか……。

「それでも最近は少し落ち着いて、夫ともよく話すようになりました。他愛ない話です。学生時代のこととか、家族の思い出話なんかをしていたんですけど、先日、あの時のことが思い出されて話をしたんです」

不倫の濡れ衣の話ですね。

「ええ、あの時はすごく辛かったけれど、あなたが信じてくれて嬉しかったって言ったら、夫が突然、私に頭を下げたんです。あの時はすまなかったと」

え、それはいったい。

「夫は晴恵ちゃん、もう呼び捨てでいいですよね、晴恵と不倫していたことを白状しました」

ええっ。

驚きの展開である。

「たまたま仕事先で顔を合わせて、久しぶりだから飲みに行こうとなって、それからだそうです」

いつ頃の話だろう。

「下の娘が生まれた頃ですね」

どれくらいの期間を?

「私に最初のがんが判明した時まで続いていたそうです」

ということは30年以上も。

「びっくりしたなんてものじゃありません、まさに青天の霹靂」

それはあまりにも酷い裏切りである。

「夫は、しょっちゅう会っていたわけじゃない、2、3か月に一度ぐらいとか言ってましたけど、本当かどうか。私の病気がきっかけで、これじゃいけないって思って別れたそうです」

もし病気が判明しなかったら、もっと続いていたかもしれない。だとしたら、言い訳にもならない。

「昔から遊び相手がいたのはわかっていましたけど、いつも玄人さんだったし、黙認してきました。それが悪かったのかもしれません。夫の話によると、晴恵は学生時代から夫のことが好きだったそうです。もちろん彼女にも家庭はあってお子さんもいて、互いに家庭を壊す気はなかったようなので、恋愛と言っていいものか、割り切って付き合っていたところはあったと思います。あの就職の件も、バブルが崩壊して仕事が激減してしまった夫から、私が働きたがっている話を聞いて、晴恵は自分が勤める会社を紹介することにしたらしいです。夫は反対したようですけど、晴恵は話をどんどん進めて、もう止められなかったと言っていました」

だからあの時、ご主人はあまり乗り気ではなかったんですね。

「そういうことです。それにしても、不倫がバレたら困るのは晴恵なのに、どうしてそんなことをしたのか最初は理解に苦しみました。もしかしたら優位に立ちたかったのかもしれません。夫曰く、晴恵は学生の頃から私をライバル視していたそうです」

彼女が学生時代にご主人を好きだったのなら、恋の恨みもあったのかもしれない。

「晴恵は私を自分の下に置くことで溜飲を下げるつもりだったんでしょうけど、実際に入社したら、私の仕事は順調で、社長も私を褒めるようになって、それが癪で、今度は辞めさせようと画策したわけです。それも恥をかかせて、追い出そうと」

つまり、不倫の噂は。

「ええ、晴恵が仕組んだことでした」

これまた驚いてしまう。

非常に陰湿な手口である。

が、女にはそういうところがあることも否定できない。執念深いというか逆恨みというか、憎む相手がいることで自分を奮い立たせようする。そんな女を、私も何度も小説に登場させて来た。

「それを知った夫は、そこまでやる晴恵に空恐ろしさを感じたようです。結局、それで尚更別れられなくなったと言っていました。別れたら、何をされるかわからない気がして、不安になったと」

それはそれで腹立たしい言い訳である。

「このことは、夫は最初、死ぬまで秘密にしておくつもりだったようです。でも、思いがけず私のがんが再発して、先に死ぬことがわかって、罪悪感に苛まれたんでしょうね。懺悔となったわけです」

夫を許したのですか？

「許すというか、深々と頭を下げる姿を見ていたら諦めみたいな気持ちになっていました。考えてみれば、この人をひとり遺してゆくことが、結局最大の復讐になるんだろうなって」

確かに残酷な復讐である。

「でも、晴恵はこのままにはしておきません」

郁代さんはきっぱりと言った。

何を考えているのだろう。

「この間、彼女に電話したんですよ。直接話をするのは、仕事を辞めて以来ですから30

年ぶりくらい」

　相手の反応はどうだったのだろう。

「そりゃあ、驚いてましたね」

　どんな話を？

「世間話をする気はなかったので、単刀直入に聞きました。あの時、社長との不倫の噂を流したのはあなたねって。その上、私の夫と不倫してたわねって」

　そしたら？

「最初はとぼけてましたよ、誤解だの勘違いだの、はぐらかそうとしました。すべて夫から聞いていると言っても、何の話かわからない、旦那さんボケたんじゃない、なんて言うんです。挙句の果て、これ以上根も葉もないことを言うなら名誉棄損で訴えてもいいのよって言い始めました」

　強気に出て来ましたね。

「その時まで、もし晴恵が心から謝罪してくれるなら、すべて水に流そうと思っていたんです。けれど、その気がまったくないことがわかりました」

　それで？

「さすがに私も腹に据えかねて、わかった、じゃあ私もあなたを不倫で訴えさせてもらうわねって言ったんです」

おお。

どう返って来ましたか。

「彼女は『あなたが恥をかくだけよ』って。『たとえそうだったとしても、そんな昔のことなんてもう時効だし訴えられるわけがない』って笑いました。だから私、言ってやったんです。知らないようだから教えてあげるけど、浮気の時効は20年、あなたは7年前まで夫と会っていた、私がそれを知ったのはつい最近だし、浮気消滅時効は3年ある。だから、いくらでも訴えられるのよって」

詳しいんですね。

「インターネットできっちり調べさせてもらいましたから」

相手の反応はどうでしたか。

「慌て始めましたね。それで、会うといったって年に数回のことだし、お茶を飲みながら世間話をする程度のことだから浮気じゃないって。それなら、調停の場でそう言えばいいいんじゃないって返したら、絶句していました」

不謹慎ではあるが、ちょっとスカッとする。

「晴恵はすっかり黙り込んでしまって、話にならなくなったから、最後に、いつ裁判所から呼び出しがかかるかわからないから覚悟しておいてね、と言って電話を切りました」

彼女は今、どんな気持ちで過ごしているだろう。

「そりゃあ、落ち着かないでしょうね」

それにしても、本当に訴えるつもりですか。

「余命のことがありますから、たとえ訴えたとしても時間切れになるでしょうね。ただ、少なくともあの時私が苦しんだのと同じくらいの時間を、彼女にも味わわせてやるつもりです」

そして、郁代さんはまっすぐな目を向けた。

「私ね、命が限られたと知ったら、人はきっと悟れるに違いないと思っていたんですよ。すべてに感謝し、すべてを赦し、誰も恨まず憎まず、仏のような気持ちになってあの世に旅立てるんじゃないかって。ましてやこの歳ですし。でも、実際はそうじゃなかったですね。本音を言うと、今、とても爽快な気分なんです。もしかしたら訴訟可能な3年くらい生きられるんじゃないかって思えるほど」

実際、とてもエネルギッシュに見える。

「もし、彼女のことを胸の中にしまったままあの世に行ってしまったら、ちゃんと成仏できなかったんじゃないかしら。彼女の枕元に化けて出るかもしれません。現世の決着は、やっぱり現世で付けておかなくちゃね」

そう言って郁代さんは快活に笑った。

＊

恋愛話ではなかったが、それに勝るとも劣らぬ濃い話を聞かせてもらった。

郁代さんの最後の落とし前をどう思われただろう。死期を悟っても、決して赦そうとしなかった決断に、様々な感覚を持たれた方がいるだろう。

「昔のことなんだから水に流してあげればいいのに」

「世俗の感情など捨てて死を迎える方が本人も気が楽なのでは」

それは確かにもっともな意見だが、逆に、溜飲を下げた方もいるはずだ。

「なぜ、された方が黙って許さなくてはならないの」

「それが生きる励みになるなら容赦なく叩きのめせばいい」

そっち側に手を挙げる人もいるだろう。

私は、理想としては後者だけれど、きっと納得できないまま、黙って終わらせてしまうタイプのような気がする。とはいえ、その状況になってみないとわからない。私にも、私の知らない私がまだまだ埋もれているに違いない。

そして、郁代さんの話を聞きながらも、実のところ、晴恵さんの言い分も聞いてみたかったというのがある。

30年もの間、家族と友人を裏切り続けて来たエネルギーは、どこから湧いて来たのだろう。ずっと心の中に抱えていた仄暗い何か。たとえば郁代さんに対する競争心や嫉妬心。相手が郁代さんの夫でなければ、関係は持たなかったのではないか、とも思える。

世の中には「あの人より幸せだ」と思うことでしか自分の人生を肯定できない人間もいるのである。晴恵さんもそんなひとりだったのかもしれない。

若い人からしたら、いい年をした大人が、と呆れるだろう。それも自分の親年代の恋愛がらみの揉め事など、聞きたくもないと感じる方も多いはずだ。

けれど、いつか、その年齢になればわかる。

大人になっても、いやなったからこそ、人知れず、けれども確実に、恋愛はそここで繰り広げられている。恋愛を前にすると、そこにいるのはただ心を拗らせた少女と少年でしかないのである。

わかって欲しいとは言わない。どうせ、いつか気づく時が来る。その時「これがそうか」と思い出してもらえると嬉しいが、もちろん忘れているだろうし、それでいい。そうやって私もこの年になってしまった。

さて話は逸れるが、双方共に郁代さんぐらいの年齢で恋愛中のカップルがいる。互いに独り身。それぞれの家を行き来し、食事に出掛けたり、時には旅行したりと、後半の人生を楽しんでいる。互いの家族も受け入れているという。

女性はこう言っている。

「もう嫁も妻も母親も卒業したんだもの、籍も入れないし同居もしない。一緒に暮らせばいろいろ摩擦があるのはわかっている。もう命の限りも見えているんだし、喧嘩なんかに時間を使うのはもったいないじゃない。本来、恋愛は楽しむもの。人生の総仕上げを目前にして、ようやく本当の恋愛ができている気がする」

好きという気持ちだけでいい、他に何もいらない。

恋愛とは、この一瞬のために永遠を捨てても構わない、と思えること。

そう思えるのは、老いてからの恋しかないのかもしれない。

第12話　魅力と魔力、依存と洗脳、危険は常にある

――それでも「恋愛はいいもの」と語る58歳

「いつも機嫌がいい人と一緒にいたいんです」

そう語るのは、理恵さん58歳。

映画会社の広報部長として活躍するキャリアウーマンだ。

「亡くなった夫がそういう人でした」

理恵さんは若い頃からとにかくモテていた。見た目の愛らしさだけでなく、頭が良く、話術に長け、人脈は広く、仕事ができて、経済力を持っている。彼女を慕い、信頼する人は男女問わず多くいる。

まず、6年前に亡くなったというご主人の話から聞かせてもらおう。

「夫は脚本家で、出会った時は私が32歳、夫は53歳でした。21歳差ですけど、年のことなどまったく気にならなくて、瞬く間に恋におちたというか、正直言うと私の方が夢中になりました。これを言うと引かれてしまうかもしれませんが、まず顔がすごく好みだ

ったんです。ハンサムというわけじゃないんですけど、味のある顔っていうか、まずそこに惹かれました。それに元々夫の脚本の大ファンでもあったんです。周りの評価も高くて、その稀なる才能に私もずっと注目していました。何よりいつも機嫌がいい人で、一緒にいると楽しいんです。年の差があったから周りからは『ファザコンだったの？』なんて言われましたけど、そんなことはありません。それまで付き合って来た相手はせいぜい2、3歳くらいの差で、ことさら年上の男に興味があったわけではないんです」

出会ってからの展開は？

「早かったですね。1週間後には、私のマンションで一緒に暮らし始めましたから。ただ元々籍を入れる気はありませんでした」

どうして？

「すでに彼は2回、私も1回離婚歴があって、もう結婚はいいなって思ってたんです。名義変更やら手続きも色々と厄介ですしね。夫婦じゃなくて恋人として一生一緒に暮らしていこうと、ふたりで決めました」

対等な経済力と精神力があれば、その選択は正解だと思う。

噂によると、ご主人は豪放磊落というか、かなりの自由人だったとか。

「早い話、ギャンブル狂で借金まみれでしたね。お金に無頓着で、計画性などまったくなく、夫と暮らした日々は本当に波瀾万丈でした」

もしかして、あなたもお金を貸したくち？

「ええ、かなりの額を」

お金の問題は、心の問題以上に現実的だ。その辺りはどう思っていたのだろう。

「それで何度も喧嘩しました。ある時、銀行口座の残高がゼロなのに、さらにキャッシングしているのを知って、あまりにも腹が立って『私はもうお金は貸さない』って宣言したんです。そしたら夫が静かな口調で『わかった。もう頼まないよ』と背を向けたんです。そのとたん、私、パニックに陥ってしまって、気が付いたら泣いてすがっていました。『どうかお金を貸させてください』って」

ちょっと理解しがたい……。

「ですよね。傍から見れば馬鹿としか思えないのは当然です。もし彼が仕事もしないでギャンブルにのめり込んでいるだけなら、愛想を尽かしたと思います。でも夫の作品を読むとあまりの素晴らしさに心が震えるんです。この作品を生み出すためにギャンブルが必要なら、それは必要経費みたいなものだと思うようになっていました。もう彼の魅力の虜になったんでしょうね」

魅力というより、魔力のように感じる。

もしくは依存、支配、それとも洗脳？

恋には宗教的な要素も含まれる。光り輝く太陽だけを見つめていると、あまりの眩しさに他のすべては真っ白になり、何も見えなくなってしまう。それと同じで、恋愛は常に盲信という危険を孕んでいる。

「私の両親や友人たちは、どれほど忠告しても止めないから、もう手の施しようがないと諦めていたみたいです。当時の預金通帳の残高は平均３００円。どうにもならなくなったら最後は２人で心中するしかないって、本気で思っていました。何なんでしょうね」

それは私が聞きたい。

「きっと精神の相性がすごく良かったんだと思います」

性格でもセックスでもなく、精神の相性とは……。

ちょっと手に負えない気持ちになってくる。

「夫とは20年暮らしたんですけど、別れは呆気なくやって来ました。急死だったんです。

心臓でした。ものすごいショックだったんですけど、実は多額の借金が残っていて、悲しむよりその後始末に翻弄されることになりました。法律的には義務はないんですけど、私は彼の名誉のためにもきちんとしておきたかったんです。残った人に負債を負わせたままにはいきません」

いかにも彼女らしい。

「結局、それは私の父の遺産でまかなうことができたのですが、父は草葉の陰で泣いていたでしょうね。そんなもののために遺したわけじゃないって。まったく不肖の娘です。何とか借金を清算して、周りの人もこれでようやく私が正気に戻ると思ったようです」

実際、正気に戻った？

「まあ、そうですね」

後悔はなかったのだろうか。

彼と出会わなければこんな苦労も親不孝もする必要はなかったのに、と。

「それはなかったですね」

負け惜しみではなく？

「ええ、本当に。もし夫がいなかったら、確かにもう少し贅沢な暮らしができたかもしれません。いいバッグを買えたとか、美味しいものを食べられたとか、でも所詮はその程度のことなんです。今こうして思い返しても、あのジェットコースターに乗っているような刺激的な毎日に較べたら些細なことに思えます」

理解は難しいが、人生でそこまで惚れ込む男などめったに出会えない。

ただ、本人にとっては「人生最高の恋」でも、他人からすれば「人生最悪の恋」に見える場合もある。彼女にそれができたのは、彼女にそれなりの甲斐性があったからである。甲斐性もないのに突っ走れば破綻は見えている。そして多くの場合「やっと目が覚めた」と、大恋愛は黒歴史に姿を変えるのである。

そういう意味で、彼女だからこそ、いちばん贅沢な恋愛をしたのだとも解釈できる。

ご主人が亡くなって、新しい恋に出会ったと聞いたけれど。

「そうなんです。夫が亡くなって1年ほど過ぎた頃、仕事で前々から顔見知りだった男性から『付き合って欲しい』と申し込まれました。私ももう50歳を過ぎていたし、さすがにこれからは自分のために生きようって思っていたので、最初は断るつもりでいました。ただ彼がすごく誠実な人だということはわかっていたし、やっぱり独りの寂しさもあったのかもしれません。決め手は、彼もまたいつも機嫌のいい人だってことでした。

一緒にいて嫌なところがまったくないんです。それで結局お付き合いするようになりました」

とりあえず聞くけれど、その人ギャンブルはどうなんだろう。

「しません」

まずはホッとする。

「実は彼、私より13歳年下で」

あら。

「私は年の差なんて気にならなかったんですけど、周りはとても驚いていました」

亡くなった夫は21歳上、新しい彼は13歳下。34歳差。何の意味もないが確かに周りは驚くだろう。

彼はどういう人？

「映画のパンフレット等を製作するノベルティ事務所を経営しています。もともとデザイン会社に勤めていたんですが、映画が好きで自分で会社を興したんです。社員4人の小さな会社ですけど、仕事は丁寧だしセンスもよかったので評判は上々でしたね」

年下と聞くと、テンプレではあるが、甘え上手な男という印象がある。それはあながち間違いではない気もするが、彼はどうだったのだろう。

「いえ逆で、彼は私のことをとても甘やかしてくれました。とにかく私の話をよく聞いてくれるんです。聞き上手なんですね。実は彼もバツイチなのですが、優しい性格なので昔からモテてはいたようですけど、どちらかというと女の人に押しまくられてしまうタイプだったようです。だから女はもう懲り懲りっていう感じで、まだ40歳というのに、老成しているようなところがありました。まあ一回りも上の私と付き合うぐらいですから、そうなんでしょうけど」

私の知る10歳以上年下の恋人か夫を持ち、かつ円満に過ごしている女性は、包容力のある母親的な意識を持っているか、話のわかる女性上司的な信頼で繋がっているかである。どちらにしても、女性の方が年下男をうまく操る能力を持っているケースがほとんどだ。

だから、彼のようなタイプはちょっと意外である。

彼とはどういう付き合い方を？

「お互い忙しいので会えるのは週末です。一緒にご飯を食べて、バーでちょっと呑んで、私の家に泊まるっていう感じです。彼は料理も上手で、時にはうちのキッチンで腕を振るってくれることもありました。時間が取れたら、ふたりで温泉に行ったり、海外旅行に出かけたり」

無粋なことを聞いてしまうけれど、支払いはどんなふうにしていたのだろう。

「あんまり気にしなかったですけど、たとえば食事を彼が払ってバーは私が払うとか、車は彼が出して運転もしてくれるから、旅館代は私とか、大雑把ですけど基本は割り勘です。亡くなった夫のことを思えば、それだけでもうどれだけ有難かったか」

持ちつ持たれつ、羨しいほど穏やかな大人の関係である。

「そんな感じで5年くらい付き合ったんですけど、実は半年ほど前、お別れすることになりまして」

それは残念。理由を聞いてもいい？

「きっかけは彼の事務所の女性の存在です」

もしかして彼と関係があったとか。

「いえ、それはありません」

彼がそう言ったの？

「はい」

それを信じた？

「彼女にも確かめました。彼女もないと言っていました」

なら、どういう問題が。

「彼女は30代半ばで、前のデザイン会社で彼と一緒に働いていて、彼が起業した時にスカウトしたようです。それから10年間ずっと事務所を支えてきたスタッフで、経理的なこともすべて彼女が仕切っていました。彼は私とのことをオープンにしていたから、事務所の人たちとも時々食事をしたりしていたんですけど、初対面から私のことを煙たがっていることは何となく感じていました。とはいえ元々彼の事務所とは仕事上での付き合いもあったし、何しろ彼女とは20歳くらい違うから、相手もそれなりに礼儀もわきまえて接していたと思います。それにその頃は彼女にも恋人がいたので、まあ大したトラブルもなかったんですけど」

でも、そうはいかなかった。

「ええ、付き合って2年ほどした頃、彼女がその恋人と別れてしまったんです。その頃からですね、私に対する風当たりが強くなったのは」

どんなふうに変わったのだろう。

「ある時、彼女がすごく酔って私に絡んで来たんです。私も部下を持つ立場なので、それなりに慣れているので聞き流していたんですけど、それがだんだん度が過ぎて『こんなに歳が離れた男性と付き合うなんて気持ち悪い』と言われました。彼が席をはずした時ですけど」

あまりにもわかりやすい嫉妬である。

が、こういう発言をする女はいる。こうして相手に引け目を感じさせようとするか、逆に、彼への不信感を芽生えさせようとする。たとえば「実は彼は裏であなたのことを迷惑がっている」などと思わせようとするのである。

「いくら何でもわかりますよね、彼女が彼を好きってことは。だから、とりあえず彼に確認したんです。彼女と何かあるのなら正直に言って欲しいって。もちろん、そうなら別れるつもりでいました。でも彼はスタッフ以上の気持ちはないと断言するんです。その上、その後は何とか私と彼女の仲をとりもとうと必死に動いてくれました」

結果はどうだったのだろう。

「逆効果でしたね。彼女の態度はますます硬化するばかりでした。彼とふたりで過ごしている時によく電話が掛かるようにもなりました。仕事のことで相談がある、という名目でしたが、内容は休み明けでも十分間に合うような些細なことばかり。ひどい時は1時間も2時間も話に付き合わせるんです。そして彼も切ろうとしない。一度、酔った彼女が彼に抱きついて『こんなおばさんと本気でやれるの？』と言ったことがあります。私を気にして彼は『ごめんね、あいつちょっと酒乱だから気にしないで。悪気はないんだ』と言うんですけど、そんなふうにしか捉えられない彼の鈍感さに私もさすがに不愉快になりました」

当然である。

悪気のない女など世の中にいるはずがない。それがなぜ男にはわからない。

彼はいい人になろうとしている。彼女は彼にとって大切なスタッフであり、辞められるようなことになったら困るのだろう。しかし彼女にしたら、彼が確固たる態度で自分を止めようとしないのは、彼の中に自分への好意があるからだと勘違いしてしまうだろう。このままでは更にエスカレートしてゆくのは目に見えている。

「はい、そのうち彼女は私に直接嫌がらせをするようになりました」

やっぱり。たとえばどんな？

「私の会社の人間にあることないことを吹聴するようになりました。『下請け会社へのパワハラモラハラが酷い』とか『マージンを要求されている』とか『デート代を会社の経費で落としている』なんて、私の信用に関わるようなことまで言いふらすようになったんです」

それは聞き捨てならない。名誉棄損にもなる案件である。

「それで彼に訴えたんですが『あの子は口が悪いけど内心はいい子なんだ』なんて言い出す始末で。挙句に『君が信用してあげないから、いつまでたっても彼女も心を開いてくれないんだ』とまで言われて、その時はさすがに言い争いになりました。何より彼の立ち位置があちら側にあることに、強いストレスを感じるようになったんです」

まったく、どうして男はフォローすべき相手を間違えるのか。

「以来、ちょっとしたことでも私の感情が爆発するようになりました」

どんなふうに？

「たとえば『急に仕事が入った』と約束をドタキャンされたりすると『わかった、もういい、別れよう』と、極端な言葉を返してしまうんです。何を言い訳されても、彼女が絡んでいるに違いないと思えてしまうんですよね。で、そのまま1週間くらい電話にも出なくて、メールも無視していると、追い詰められた彼が家にやってきて『ごめん、別れたくない』と謝って、元サヤにもどるというような……。茶番ですね」

そういうプレイが好きな男女もいるが。

それはつまり、彼女よりずっと自分を大切にしていると実感させて欲しい、という思いの表れということに、彼は気づかない。

「まったく、その通りです」

とはいえ、その行為は大人の恋愛ではタブーと呼ばれると思うが。

「その時はそんなつもりはありませんでした。ただ今思えば、いくら頭に血が昇っていたとはいえ、相手を試すという行為は傲慢ですよね。でも、私からすれば追い詰められていたのは私の方で、それをわかってもらいたかったんです。もう疲れ果てたっていうか。そのうち、彼も『もしかしたら彼女は僕のこと好きなのかな』なんて言い始めて。いや、今更何を言っているの、どう考えてもそうでしょう」

鈍感なのか、実は確信犯なのか。苛々が募るのも当然だ。

「いろいろと揉めることが多くなっていく中、彼から言われたことがありました。私は時々彼に亡くなった夫の話をしていたんですけど、彼はそれをいつも静かに受け止めてくれていました。でも本当は聞くのが辛かったって。あんな凄い人と比べられていることのコンプレックスに圧し潰されそうだった、結局この5年、一度も君の夫の存在を超えられなかったと、彼は言っていました。それを言われた時、何も返せませんでした。私もどこかで夫を忘れられずにいたんだと思います。彼ばかり責めていたけれど、私もまた彼を我慢させていたんですね。結局、お互い様だったんです」

それについては彼にちょっと同情する。

超えられないライバルの存在ほど脅かされる相手はいない。ましてや亡くなっているのだから、もう太刀打ちできない。

「そんなこんなで話し合いの結果、これ以上争いを続けていてもお互い憎み合うばかりになると気づいて、別れることになりました」

それは残念だった……。

50代の女性が一回りも年下の男性を恋人に持つのはちょっと夢も与えてくれる。ぜひ長続きさせて欲しかった。

「とはいえ、彼とは今も仕事の付き合いがあるので、たまに連絡を取り合ったりして、友好的な関係はキープしています」

彼と、例の女性スタッフはどうなったのだろう。

「付き合っていないみたいです。何なんでしょうね。私が別れたら、彼女の方も熱が冷めてしまったんですかね。よくわかりません」

だったらトラブルの元はなくなったのだし、元鞘に納まる可能性もあるのでは。

「それはないです」

なぜ。

「お互い、もう燃え尽きたんだと思います」

やるだけのことはやった、もう思い残すことはない、ということだろうか。

「まあ、そんな感じですね」

彼と別れて今はどう？　もう恋愛はこりごりとか？

「いえ、そんなことはありません」

彼女はきっぱりと言った。

「彼とはいろいろありましたけど、恋愛っていいものだなぁって思わせてくれたことには感謝しています。それにいろいろあった分、次の恋はもっとうまくやれると思うんです」

なるほど。

「また恋愛がしたいです。だから最近、周りにも『恋愛したい』って口にするようにしているんです。いい年をして恥ずかしいとか、身の程知らずとか、そんなことに拘っていても時間がもったいないだけですから」

その卒直さに、彼女が眩しく映る。

「それに『恋愛したい』と自分を鼓舞することで、手に入れられるものもあると思うんです。だからいいなと思う人には、さり気なく接近するようにしています」

彼女は自信に満ちていた。

そして、その姿が実に格好よかった。

＊

今回、年齢差のある恋愛話を聞かせてもらったわけだが、彼女の突き抜け感に、ある意味、圧倒されてしまった。

亡くなった夫については、いくら惚れたとは言え、男にそこまで尽くせるものだろうか。私にはそんな度量も度胸もない。早い時点で音を上げてしまうに決まっている。けれど彼女は、この男と決めたら命懸けで引き受ける。彼女を見ていると、恋愛には無謀スレスレの才覚が必要なのだとつくづく思う。

後半に登場した年下男との恋愛は、残念な結果に終わってしまったが、退くときはきっぱり退き、愚痴ることもしない、その潔さに、女も思わず惚れてしまいそうである。更に、過去を引き摺ることなく、次の恋に向かうポジティブさを堂々と宣言するなんて、そう簡単にできるものじゃない。つい周りにどう思われるだろうとか、この年になって恥かしいなどと、気を回してしまうものだ。

そして何より、色々あったにしても、彼女の周りからの信頼は揺らぐことなく、今も仕事は順調で、プライベートも充実しているのである。

このような女性がいることに、心強さを感じる方もいるだろう。もちろん、なりたいと思ってなれるものではないし、時にポジティブを取り違えて、勘違い女になってしまう可能性もないではないが、彼女を見ていると、ふと「まだ私だって」という気になってしまいそうだから不思議である。

とはいえ、ある程度の年代に入ると、恋愛と距離を取ろうとする女性が増えてくるのも確かである。

恋愛なんてもう卒業。あんな面倒くさいこと二度としたくない。恋愛より楽しいことなんてたくさんある、等々。

そう呟く女性は多いし、実際、そうだと思う。恋愛がなくても困るわけではないし、むしろ穏やかな気持ちで過ごせるし、何人かの気の合う女友達がいればそれで十分。どちらかと言うと私もそちら派なので、殊更恋愛をお勧めする気は毛頭ないのである。

それでも、男たちのこんな揶揄を聞くとやはり苛立ちを覚えてしまう。

「それはただの負け惜しみ、その年でもう相手にしてくれる男がいないだけ」

すべてとは言わないが、男たちが求めるのは「若い女」であり、自分はまだそれが可能であると自負している。確かに若い女性たちの姿はまばゆく、華やいだ気持ちにもさせてくれるだろう。それは自然の摂理だともわかっている。

時折、何が根拠か知らないが、女性に対してこんな当てこすりをする男がいる。

「あいつはもう女じゃないから」

それを耳にするたび、呆れてしまう。

まったく何もわかっちゃいない。

それは女が、ではなく、あなたが男じゃないからである。

女は、自分が女であることを自ら出すのではなく、相手によって引き出される。

だからもう男でない男に対して、大人の女は、決っして女を出さないのである。

男たちは知らないと思うが、女は、ある種の男に対して、もう女を捨てていると思われる方がずっと楽に生きられる、という知恵をすでに身に付けている。

そんなこともわからず、セクハラ的な言葉を口にすることで、上に立ったような優越感に浸る男たちになど、何を言われようと女は気にしないのである。むしろ、そう思ってくれていた方が助かる、ぐらいの気持ちでいる。

なぜなら、恋愛に関して、女は男よりずっと多くのことを学んできたからだ。

そして、女は恋愛を諦めたのではなく、そういった男に期待するのを諦めたのである。

そんな女ばかりじゃないことも、そんな男ばかりじゃないことも、もちろんわかっている。それをわかっていて、敢えて言わせてもらおう。

それでももし、もう一度恋をするチャンスと巡り会ったら――。

あなたはその時、どうするだろう。何を思い、何を選ぶだろう。先に待っているのは何だろう。手に入れられるもの、失うものは何だろう。

恋愛がままならぬものとわかっていても、してしまうのが恋愛。

それこそが人生の醍醐味に違いない。

おわりに

人は、一度自転車に乗れると一生乗れるという。身体が覚えてしまうからだ。それなのに、恋は何度経験しても身に付かない。

大人と呼ばれる年代になり、ある程度分別というものが備わって、世間的には賢く振舞えるようになっても、恋を前にすると平静さを失ってしまう。時に、湧き上がる感情に突き動かされて思いがけない行動に走ってしまう。恋をするということは、ある意味、自分に裏切られるということでもある。

今回、様々な女性から恋の話を聞かせていただいた。登場したエピソードには多様な受け取り方があるだろう。眉を顰めた方もいらっしゃるに違いない。実は意識してそういう話を取り上げた、ということもある。幸福に繋がる恋愛は喜ばしいことではあるけれど、正直なところ、恋は失敗から学ぶことの方が断然多い。

そもそも「落とし前」をキーワードにして進めたのだが、実際には、落とし前を付けられなかったケースもある。それでも本人は「これが私なりの落とし前」と、考えている話もある。そもそも正解があるわけではないのだから、反論するつもりはない。すべては自分の意思と選択によって決まるのだから、それでいいと思っている。

今回、自身の体験を語ってくださった方々には心からお礼を申し上げたい。私の不遜な問い掛けにも鷹揚に接していただき感謝している。そして、冷静な分析と細やかな気配りで、企画から力添えをしてくれた新潮社の髙橋亜由さんに感謝の意を伝えたい。髙橋さんがいなければこの本は成立しなかった。

恋愛とは何か。それは永遠の謎である。

謎に向かっていくのは冒険である。そして冒険に怪我はつきものだ。

どんなに痛めつけられようと、それでも冒険に向かっていくのか、それとも引き返すのか、決めるのはいつだって自分自身なのだ。

唯川恵　1955（昭和30）年生まれ。作家。1984年「海色の午後」でコバルト・ノベル大賞を受賞しデビュー。『肩ごしの恋人』で直木賞、『愛に似たもの』で柴田錬三郎賞受賞。

Ⓢ新潮新書

1017

男《おとこ》と女《おんな》
恋愛《れんあい》の落《お》とし前《まえ》

著者　唯川恵《ゆいかわけい》

2023年10月20日　発行
2023年12月5日　3刷

発行者　佐藤隆信

発行所　株式会社 新潮社

〒162-8711　東京都新宿区矢来町71番地
編集部（03）3266-5430　読者係（03）3266-5111
https://www.shinchosha.co.jp
装幀　新潮社装幀室

印刷所　株式会社光邦
製本所　株式会社大進堂

ISBN978-4-10-611017-7 C0230

価格はカバーに表示してあります。